大
方
sight

JUDITH SCHALANSKY
[德] 尤迪特·沙朗斯基 著　陈早 译

逝物录

VERZEICHNIS EINIGER VERLUSTE

中信出版集团 | 北京

图书在版编目（CIP）数据

逝物录 / (德) 尤迪特 · 沙朗斯基著 ; 陈早译 . --
北京 : 中信出版社 , 2020.4（2020.5 重印）
ISBN 978-7-5217-1375-6

Ⅰ . ①逝… Ⅱ . ①尤… ②陈… Ⅲ . ①散文集 – 德国
– 现代 Ⅳ . ① I516.65

中国版本图书馆 CIP 数据核字 (2020) 第 006959 号

Die Übersetzung dieses Werkes wurde vom
Goethe-Institut e.V.gefördert
本书获得歌德学院全额翻译资助

逝物录

著　　者：[德] 尤迪特 · 沙朗斯基
译　　者：陈　早
出版发行：中信出版集团股份有限公司
（北京市朝阳区惠新东街甲 4 号富盛大厦 2 座　邮编　100029）
（CITIC Publishing Group）
承 印 者：深圳当纳利印刷有限公司

开　　本：880 mm × 1230 mm　1/32　　印　　张：8.125　　插　　页：12　　字　　数：149 千字
版　　次：2020 年 4 月第 1 版　　印　　次：2020 年 5 月第 2 次印刷
京权图字：01-2020-0601　　广告经营许可证：京朝工商广字第 8087 号
书　　号：ISBN 978-7-5217-1375-6
定　　价：68.00 元

服务热线：400-600-8099
投稿邮箱：author@citicpub.com

目录

前言

写这本书的时候，太空探测器卡西尼在土星大气中烧毁；火星登陆器斯基亚帕雷利在它本该探索的那个星球锈蚀的岩层上撞碎；一架波音 777 在从吉隆坡飞往北京的途中消失得无影无踪；巴尔米拉 2000 年历史的巴力神庙和巴尔夏明神庙、罗马剧场的立面、凯旋门、四塔门和部分柱廊街被炸；伊拉克摩苏尔的努里大清真寺和先知约拿的清真寺被毁，叙利亚早期基督教的圣埃利安修道院变成瓦砾和灰烬；加德满都的一次地震让达拉哈拉塔再度倒塌；三分之一的中国长城沦为文化破坏和风化腐蚀的牺牲品；无名人偷走了弗里德里希·威廉·茂瑙尸体的头骨；危地马拉曾因其蓝绿色的水而闻名于世的阿特斯卡滕帕湖淤塞干涸；马耳他形似拱门的岩石蓝窗坠入地中海；以大堡礁为家的珊瑚裸尾鼠灭绝；北部白犀的最后一个雄性样本不得不在 45 岁时被处以安乐死，该亚种仅存两兽：它的女儿和它的孙女；80 年徒劳的努力后，唯一的金属氢样品从哈佛大学的一个实验室消失了，没有人知道这个显微级别的小颗粒是被盗还是被毁，或者只是再次回归气态。

写这本书的时候，纽约沙弗图书馆的图书管理员在1793年的年鉴中找到一个装有乔治·华盛顿的几缕银发的信封；沃尔特·惠特曼迄今无人知晓的长篇小说和爵士萨克斯演奏家约翰·柯川下落不明的专辑《双向并行》重现人间；卡尔斯鲁厄铜版画陈列室的一个19岁实习生发现了数百幅皮拉内西的素描；安妮·弗兰克一页与包装纸黏在一起的双面日记被再次成功读出；3800年前刻在石板上的世界上最古老的字母表被鉴定出来；月球勘测轨道器在1966/1967年拍摄的照片图像数据得到了修复；萨福两首此前未知的诗歌片段被发现；鸟类学家在一片巴西稀树草原上看到了几只蓝眼地鸠，早在1941年它们就已被视为灭绝；生物学家发现了一种叫作蚁墙蜂的黄蜂，它在空心树里为后代建造多室的巢，并且在每个房间内都摆上一只被杀的蜘蛛当作食物；在北极找到了1848年失踪的富兰克林远征船幽冥号和恐怖号；考古学家在希腊北部发掘出一个巨大的墓穴，它也许不是亚历山大大帝的最后安息之所，却可能属于他的伴侣赫菲斯提昂；柬埔寨吴哥窟的寺庙附近挖掘到高棉王朝的第一个首都摩醯因陀山古城，它定曾是中世纪最大的定居地；考古学家在死城萨卡拉偶然撞见一个木乃伊作坊；在距我们的太阳1400光年的天鹅座中，一个可能有水或有过水的天体在所谓的宜居带中被找到——因为它的平均温度约在地球水平，因而，或可推知生命，就是那种我们能想象的生命。

序

几年前八月的某天，我造访了一座北方城市。它位于狭长海湾的湾顶。在远古冰川期深蚀入内陆的咸涩海水中，春有鲱鱼，夏有鳗鱼，秋有鳕鱼，冬有海鲤、梭子鱼和鲂鱼，渔业因而至今不衰。几百年来，渔夫和家人们住在这一隅名副其实的画境，其中只有两条石铺路、一方晒网场、一座有两位高贵老妇长居的庵堂。简言之，就是那种仿佛摆脱了时间的地方，在此太容易受到诱惑，以为迷人的往日依稀犹在。可特别让我难忘的，不是涂白的矮房前怒放的玫瑰丛或高耸的锦葵，不是彩绘的木门或从建筑间穿行而过、直通向石质海岸的窄径，而是一种异常的情境：在居住区中心我找不到市场，却看见青葱如夏的菩提树荫中围以铸铁藩篱的墓园，于是，素来钱物相易之地，亡魂于土下，如人们出于不腐愿念的善言，“安息着”。有人提醒我注意一个妇人的房子，当我意识到，她能在煮饭时从厨房看到夭亡之子的坟冢，起初让我不适的讶异放大成强烈的震撼。于是我明白了，是此地几百年之久的葬丧帮会，把已逝者和未亡人如此紧密地安排在同一个家庭中，就像此前我仅略有耳闻的几个太平洋小岛的状况。我当然还曾造访过其他显赫的墓地：比如死岛圣米凯莱，红砖墙从威尼斯潟湖蓝绿色的水中高耸而出，仿佛攻不可破的堡垒；或是好莱坞永恒公墓每年仿照墨西哥亡灵节举办的浮华年市，那里有橙黄作饰的坟丘，有缤纷彩糖和纸糊的骷髅，它不腐朽，却被诅咒永远狞笑。可从没有什么如渔村墓园这般触动我。在它妥协了圆与方的独特轮廓中，我只能相信，我亲眼见到阴森乌托邦的征象：视死而生。很久我都坚信，在丹麦名意味着“小岛”或“被水所围”的此地，人离生命更近，因为他们确确实实把死者接回到他们的中心，而不是——按我们在此纬度上的普遍做法，将其从群落最内驱逐至城门外，虽然城市空间势不可挡的扩张常常在不久之后又重新吞并了墓地。

直到现在，直到我几乎写完这部以种种颓毁现象为主角的书，我才洞悉，在无数种处理死亡的方式中，它仅代表其一。本质上，它并不比希罗多德笔下卡拉提耶人的习俗更朴拙、更温情——他们习惯吃掉死去的父母，听闻希腊人火葬时，他们骇然大惊。不断把有死性放在眼前，或成功驱散掉死，何者更近于生？对此问题有截然不同的看法，就像去问，万事皆有终抑或皆无尽，何种想象更让人毛骨悚然？

无可争辩的是，如何应对人的突然离场与身后物的仍在，如何处理从尸体到无主之产的种种，死亡及随之而来的问题在时间的进程中要求答案、触发了行动，其意义已超越其单纯的目的，它让我们的先祖从兽域踏入人界。不把同类死后的残骸放任给自然的朽败过程，总体上是人类的特性，虽然在其他高等动物身上也能观察到可相比拟的行为：比如说，大象会集聚在临死的象群成员身旁，用象鼻轻触它数小时之久，同时不安地吼叫，在最终用泥土和树枝埋葬尸体之前，它们常会试图扶起失去生命的身躯。数年后，死亡地点仍会被定期探望。这无疑需要优良的记忆，甚或某种对彼世的想象，那不会比我们的所想更乏味，也同样无法证实。

死亡的休止是继承与回忆之始，哭丧则是种种文明之源，人们以之填补开裂的空缺、突兀的静寂，逝者则在歌声、祈祷和故事里再度焕发生机。丧失的经历就像铸模，它使应诉之事显现出轮廓，又常常在悲悼的神化之光中转变为欲望的对象，或如一位海德堡动物学教授在新布雷姆书系的一册小书前言中所说："西方人可能有种理性无法把握的特征，相比于尚存之物，他总是更高看已逝者，否则就无法解释袋狼消亡后散发的古怪魅力。"

留住过去、制止遗忘的策略林林总总。若相信流传，我们的历史书写之初，就是波斯人与希腊人之间一系列毁灭性的战争，今天几乎已被遗忘的记忆术就始于一场人死如麻的灾难：那是在色萨利，公元前 5 世纪早期，一幢倾塌的房屋把整群节日赴宴者埋入废墟，唯一的幸存者诗人西莫尼德斯凭借训练有素的记忆，成功地在心智中重新踏入被毁建筑、点出客人座次，被废墟毁至面目全非的尸首因此得以鉴定。生死的非此即彼含有许多悖论，其一则是，一旦说逝者永逝，失去他的伤恸也就同时翻倍和减半，反倒是失踪或隐匿者幽隐不明的命运，把亲人囚入半是忐忑希望、半是禁忌之悲的漫漶噩梦，使生活既不能清整亦无法继续。

活意味着，经历失去。将会如何的问题，一定不比人类本身更晚，未来令人不安的一个绝对特性在于，它摆脱了预见，因此也把死亡的时间和情状隐入晦暝。谁不曾提前忍痛，谁不识这甜苦交杂的抵抗幻术、这以玄思之先扼制忧怖的致命冲动？人们早已预感到苦厄，想象出可能的灾难，并妄图以此辟除邪恶的意外。在古代，梦许以慰藉，希腊人对此议论纷纷，它们如神谕般预言将临之事，未来虽仍旧不可改变，却已被抽走恐怖和不可逆料。不少人因畏死而寻死。自尽似乎是战胜未来不确定性的最极端手段，当然，以缩短存在为代价。据说，奥古斯都在萨摩岛上接受的印度使者的礼物中，不仅有一头老虎和一个能以足代手的无臂少年，还有一个出自婆罗门种姓、名为扎尔马洛斯的人，他想自行了断，正是为了让生命行其所愿。为确保不遭遇任何意外，他在雅典大笑着跳入火中，赤裸身体，遍涂膏油，无疑痛苦地活活烧死，并随他自主自导的死亡走入历史，虽然在卡西乌斯·狄奥那部曾有 80 卷之多的《罗马史》里，这只是某卷中一则内容偶然留传下来的吊诡轶事。可毕竟，一切仍在者，无非只是残余。

本该保留一切的记忆，本质上什么都留不住。一位加利福尼亚女人，不靠助记术就能想起 1980 年 2 月 5 日以来的每个日夜，被禁锢在不断向她坍塌的记忆的回响空间——她是地米斯托克利的女性翻版，那位能叫出家乡城邦中每位公民的名字、可与强记者西莫尼德斯比肩的阿提卡统帅更渴求遗忘的艺术，而不是学会记住："不想记的，我也记得；想忘的，却忘不了。"可遗忘术绝无可能，因为一切符号都表现着在场，甚至当它们指向缺席。百科全书声称，几乎每位在罗马帝国被刑以除忆诅咒的人，都能被辨认出名字。

忘记一切固然糟糕。更糟的是，什么都不忘。毕竟每种知识都要先经遗忘才会得到。倘若像耗电的数据存储器那样不加区分地贮存一切，它们就丧失了意义，就将成为无序堆垒、不可使用的信息。

或许，每份档案（Archiv）的建立，都如其蓝本方舟（Arche），怀载着保存一切的愿望。想把南极大陆甚或月亮变成一个民主的、平等展现所有文明成果的中心地球博物馆，无疑充满魅力，却也同样极权，且像重建天堂一样，注定失败，即便所有人类文明都在想象中清晰保存着它诱人的原型和欲念图像。

本质上，每件物品都已是垃圾，每座建筑都已是废墟，一切创造都无非是毁灭，所有自诩保护人类遗产的学科和机构的所作所为亦如是。甚至考古也是一种破坏，哪怕它如此细致谨慎地借口要探索往昔时代的沉积，——档案馆、博物馆和图书馆，动物园和自然保护区都无异于被管理的墓地，其仓储之物常常被剥夺当下生的循环，被收藏、被遗忘，一如那些以其纪念碑占满城市风光的历史事件和人物。

也许幸运的是，人类并不知道他们已失去哪些伟大的想法、何种摄人心魄的艺术品和革命性成就，不论它们是被蓄意摧毁，还是在时间的流淌中单纯地销声匿迹。或许有人认为，不知则不忧。可不少近代西方思想家却诡异地在规律性的文明没落中看到一种理性甚或疗愈的手段。就好像文化记忆是一种世界生物，只有活跃的新陈代谢才能维系其生的功能，每次吸收养分都要先消化和排泄。

如此狭隘自负的世界观，把肆无忌惮地占领、洗劫陌生领土，征服、奴役、屠杀非欧洲的民众，消灭他们可鄙的文明，理解为自然进程的一部分，把被误解的进化论老话，所谓的强者生存，当作罪行的辩护。

当然，只有失去的、想念的，才会被哀悼，——它们留下的一件遗物、一声回响、一则有时无非是谣言的消息、一息半已抹去的痕迹来到了我们这里。我多想知道，秘鲁草原上纳兹卡地画意味着什么，萨福的第 31 残篇如何结束，希帕提娅到底有多可怕，竟不止她的所有作品被销毁，连她自己也遭千刀万剐。

有时候，些许命运的残存似乎会自我注释。所以，蒙特威尔第的歌剧《阿丽安娜》只留下一首叹咏调，女主角在其中绝望地唱道："让我死。谁能在如此残酷的命运、如此残酷的痛苦中安慰我。让我死。"卢锡安·弗洛伊德那幅从鹿特丹博物馆失窃、只留下复制品的画作被一位盗贼的母亲在一家罗马尼亚浴室的火炉里焚毁，上面画了一个闭着眼睛、无法确定只是睡着还是已经死去的女人。悲剧诗人阿伽通的作品也只传下两句名言，因为亚里士多德引用了它们：艺术爱偶然，偶然爱艺术，以及，诸神也不能改变过去。

诸神无力之事，历代暴君却要一再追求：写入当代，满足不了他们毁灭性的塑造欲。谁要控制未来，就必须清除过去。谁自命为新朝始祖、一切真理之源，就必须消灭前人的观念、禁止任何批判性的思想，就像自命为“秦首位庄严神君”的始皇帝，在公元前213年安排了第一场有据可查的焚书，任何反抗者均被处死或服苦役，修造帝国道路网及中国长城；或是建设那座巨大的陵墓，其狂妄的陪葬品兵马俑包括真人大小的士兵及车、马、武器，如今，它们的复制品在世界史中随处可见，这种空前的亵渎实现、也同时挖空了它们的主人曾渴望的纪念。

彻清过去的可疑计划，屡屡源自要从头开始的合理愿望。17世纪中叶，英国议会曾郑重讨论过是否烧毁伦敦塔的档案，“以销毁任何对过去的记忆，重新开始生活”，正如某处我再也找不到的博尔赫斯对塞缪尔·约翰逊的引用。

众所周知，地球本就是已逝未来的废墟，人类则是杂乱堆积、自相矛盾的群体，他们所继承的无数过往必将被不断侵占、转化、摈弃、摧毁、忽略、驱散，因此，一反常见，真正的可能性空间，不是未来，而在过去。正因如此，新统治体系的第一批官方动作中总是包含着历史的重释。谁曾像我这样经历过历史的断裂，经历过胜利者的偶像破坏、纪念碑拆除，就不难辨认出，未来的景象无异于未来的过去，比如说，重修的柏林城市宫废墟将不得不让位于共和国宫的复制。

法兰西共和国的第五年，1796 年的巴黎沙龙上，曾记录过攻陷巴士底狱、拆毁默东城堡和破坏圣 - 丹尼斯皇陵的建筑画家休伯特 · 罗伯特在卢浮宫展出了两幅画。其中一幅表现出他把皇宫改造为卢浮宫大画廊的设想——满是画作和塑像的大厅因玻璃顶而光线充足、令人流连，另一幅则是同一空间未来的废墟。在第一种未来景象中可见高窗之处，另一种未来敞开了多云的天空：穹顶坍陷，墙壁空空荡荡，地面上躺着破碎的雕塑。只有观景殿的阿波罗，那份拿破仑劫掠的战利品，从废墟中昂起熏得乌黑但仍然完好的身体。遇难的游客四散在废墟之中，搜挖着被埋覆的躯干，靠在火边取暖。穹顶断裂处绿意萌动。废墟是一处乌托邦，过去与未来在此合一。

建筑师阿尔伯特·施佩尔的“废墟价值”理论更为乖张，他在纳粹结束十年后宣称，为这不限于从隐喻上理解的千年帝国，他的设计不仅拟用极其长命的材料，甚至还考虑到每座建筑未来的废墟形态，哪怕它们陷入颓败，其情境亦可媲美罗马废墟的伟大。反之，奥斯维辛被不无道理地称作没有废墟的毁灭。那是节奏细密、无休运行的工业化杀戮机制彻底离弃人性的建筑，它用几百万人的消逝留给20世纪的欧洲最大的空白，不论对于受害方还是犯罪方，这次重创在幸存者及其后代的记忆中仍是劈裂开来、难以整合的异体，始终在等待着全面清整。到底能在何种程度上体验丧失？恰恰是种族灭绝的罪行，让这个问题变得更加迫切，并引发不少年轻人得出无力却合理的确断：发生过的，根本无法再现。

“史料保存什么？不是占领列日时被踩踏的紫罗兰的命运，不是洛文大火中母牛的痛苦，不是贝尔格莱德前云朵的聚散”，特奥多尔·莱辛如此写道，他在这本“一战”期间写成的《赋予无意义者意义的历史》里揭穿了理性发展的历史，——那些有始有终、有涨有落、有盛有衰的历史主要遵循叙事规则，而它们的所有史学设计全都是事后对无形式者的赋形。

虽然演化的规律性已经显示出，某段时间内持存着什么，实际上是由偶然与适应错综复杂的共同作用负责，可启蒙的进步信仰几乎仍未间断地持续发挥着影响，其原因可能在于，汲汲营营的历史时间轴有着简单的吸引力，并且吻合着西方文明的线性字形——因为它，人们太容易折服于自然主义的谬误，甚至在神职式微后，仍将一切给定者视作有所需、有意义。在一种不断展开的单线、压制性的剧本中，过去的唯一用处在于铺垫新事物，历史——不论私己生命、一个民族还是全人类——都被想象成注定如此、绝非偶然的前进。然而，所有档案管理员都知道，为每一个新条目分配连续数字的年表，在其无助的连贯性中体现着最无创造力的组织原则，因为秩序只是装模作样。

某种意义上，世界本身就是它自己看不透的档案——地球上一切有生命和无生命的物质，都是一个无比庞大、没完没了的记录系统的文件，这个系统不断尝试以过去的经验为鉴、从中得出结论，分类则无异于，把看似客观的结构安排给演化传统纯粹无尽的混乱。本质上，在这个档案里什么都不会丢失，因为能量不变，任何事物似乎都会在某处留下痕迹。西格蒙德·弗洛伊德说，任何一个梦、任何一种念想都不会被真正忘记。倘若这条让人想到能量守恒定律的惊人名言属实，那么考古发掘活动就不止会从人类记忆的腐殖土中挖出过往经验似曾相识的挣扎——一次遗传的创伤，一首诗里不相关的两行，幼儿时风雨夜里幽灵般的梦魇，色情的恐怖画面——就像挖出骸骨、化石或陶片，它还会从冥府中再次夺出无数没落家族的印象，只要开始寻找他们的痕迹，真相就不可否认，连被驱散或清除、被改换成错误甚或托付给遗忘的那些，也永远在场。

可物理法则只能有限地提供安慰。因为大部分转换过程不可逆，能量守恒定律及其变形的胜利却对这有限性只字不提。燃烧艺术品的热量又有何用。灰烬里再也找不到值得赞叹的东西。早期无声电影提走了银盐的胶片材料被继续加工成台球，无动于衷地滚过铺绿毡的桌面。最后一头巨儒艮的肉很快被消化一空。

当然，灭亡是所有生命与创造的存在条件。一切都会消失，瓦解腐败，灰飞烟灭，这自然只是时间的问题。甚至往昔独特证据的存在，也只能归功于灾难：那些很久无法破译、象形文字般的古希腊音节文字线性 B 仅存的文献之所以能够留下来，仅仅因为公元前 1380 年左右的一场大火摧毁了克诺索斯宫，同时把上千块记录着该宫廷收支的黏土板烧硬、使之坚固得可以流传；庞贝的石膏模型得之于维苏威火山喷发时被活埋的人和动物，他们的尸体腐烂后在凝固的岩石中留下可灌铸的空腔；或是幽灵摄像术般留在广岛的房屋墙壁及街道地表的剪影，那是原子弹爆炸时蒸发的人们。

有死之见令人感伤，抗拒无常的渴求亦情有可原，他们想把痕迹留给未知后世。在记忆里，是的，“永垂不朽”——就像凿在花岗岩墓碑上孜孜不倦的意愿宣告。探测器旅行者 1 号和 2 号携载的两个将永远在星际空间里漂泊的时间胶囊的讯息，也见证了这个生俱理性的物种欲彰显其存在的动人愿望。两张完全相同的镀金铜盘刻有图像、曲目、噪音及 55 种不同语言听觉上的问候，“你好，来自地球的孩子”——这无所畏惧的无能为力吐露出多少人性。想象令人神往，人类曾留下的一切都会被播放出来，莫扎特的《夜后咏叹调》、路易·阿姆斯壮的《忧郁蓝调》、阿塞拜疆的悠悠风笛，只要地外发现者不仅成功破解出以画谜形式模拟刻录在唱片上的说明，还将其付诸实施。然而，连太空漂流瓶的发起者们也承认，这种可能性微乎其微，这次行动不如被解释为在科学中续命的巫术思想之果，重要的是，它在此排演了一场助长自信的仪式，因为这个物种还不愿接受自己全然的无足轻重。然而，没有接收地的档案、没有发现者的时间胶囊、没有继承人的遗产，又算什么？经验告诉我们，对于考古学家，过往时代的废弃物是最有说服力的收藏。无需我们插手，由技术废料、塑料及核垃圾构成的地层就会超越时代，原汁原味地提供关于我们种种习惯的信息，并还将持久地纠缠我们身后的地球生活。

也许，那个时候，我们的后代早已启程去往自始以来人类就在向往的第二个地球，以调回时间、弥补曾犯的错，必要时用难以描述的代价把不慎摧毁的东西重新创造出来。那个时候，人类的文明遗产可能真的会以人工DNA的形式储存在一种极其强韧的菌株的遗传物质里。

一份从古埃及第一王朝中期，约公元前2900年，保存下来的莎草纸文卷，由于状况棘手，至今仍未被打开，因此我们无从知道它包含着怎样的讯息。有时我也会这样想象未来：后代们无措地面对着今天的数据存储器，由于平台和程序语言、文件格式和读取器的急剧更迭，那些古怪铝盒的内容都变成了没有意义的编码。可作为物品，它们显然不再散发什么光晕，比不了印加人如此多言、如此沉默的奇普绳结，也远不及不知是胜利柱还是哀悼碑的神秘古埃及方尖塔。

无物永恒，却总有一些更久长：教堂和庙宇胜过宫殿，文字文明超越了没有复杂符号系统的同侪。曾被花剌子模学者比鲁尼描述为借时空繁衍之物的文字，最初起就是一个平行于遗传、不依赖血缘的信息传递体系。

人们可以凭书写和阅读挑选祖先，相对于常规的生物传承确立第二条精神上的遗传线。

若如某些建议所愿，把人类本身理解为神性归档世界、保管宇宙意识的器官，那么无数被书写、印刷的书籍——当然，神自身所撰或其众多流射者除外——就是在履行这徒劳的义务，尝试把万物的无限存入实体的有限。

也许是我贫乏的想象力所限，我依旧认为，书籍是最完美的媒体，虽然已用了几百年的纸不如莎草、羊皮、岩石、陶瓷或石英那么结实，虽然连印刷最频繁、译成最多种语言的《圣经》也不能完整地传到我们手中。复本提高了书在几代人时段内传播的概率；这颗开放的时间胶囊，从它被写下、被排印起，就把流逝的时间之痕一并记录下来，它的每一版文本都会开显出与废墟不无相似的乌托邦空间，死者滔滔不绝，往昔生机勃勃，文字成真，时间失效。或许，相比于似无实体、挑剔继承者、提供信息浩瀚无度的新媒体，书籍在很多方面处于弱势，是本原意义上的传统媒体，可正是文、图、设计的彻底融合，使书体隔绝自成，它才有希望独一无二地安排世界，甚或取而代之。宗教思维的分裂，有死和不死——身体和灵魂——各半，或许代表着克服失去最令人心安的策略。然而，载体与内容的不可分割，却是我不止写书、也要设计的原因。

一如所有书籍，本书也想让某些事物活下去，它想让过往的前现、遗忘的还魂、喑哑的说话、被错过的得到悼念。书写什么也不能挽回，却让一切都可能被体验。因此，这本书同等关心寻找和发现、失去和获得，它让人隐约感到，只要有记忆，在和不在的差别或许就不那么重要。

为此书工作的几年里，我似乎曾在某些宝贵的瞬间感到，注定消逝的观念，与架上蒙尘的样品，同样可堪慰藉。

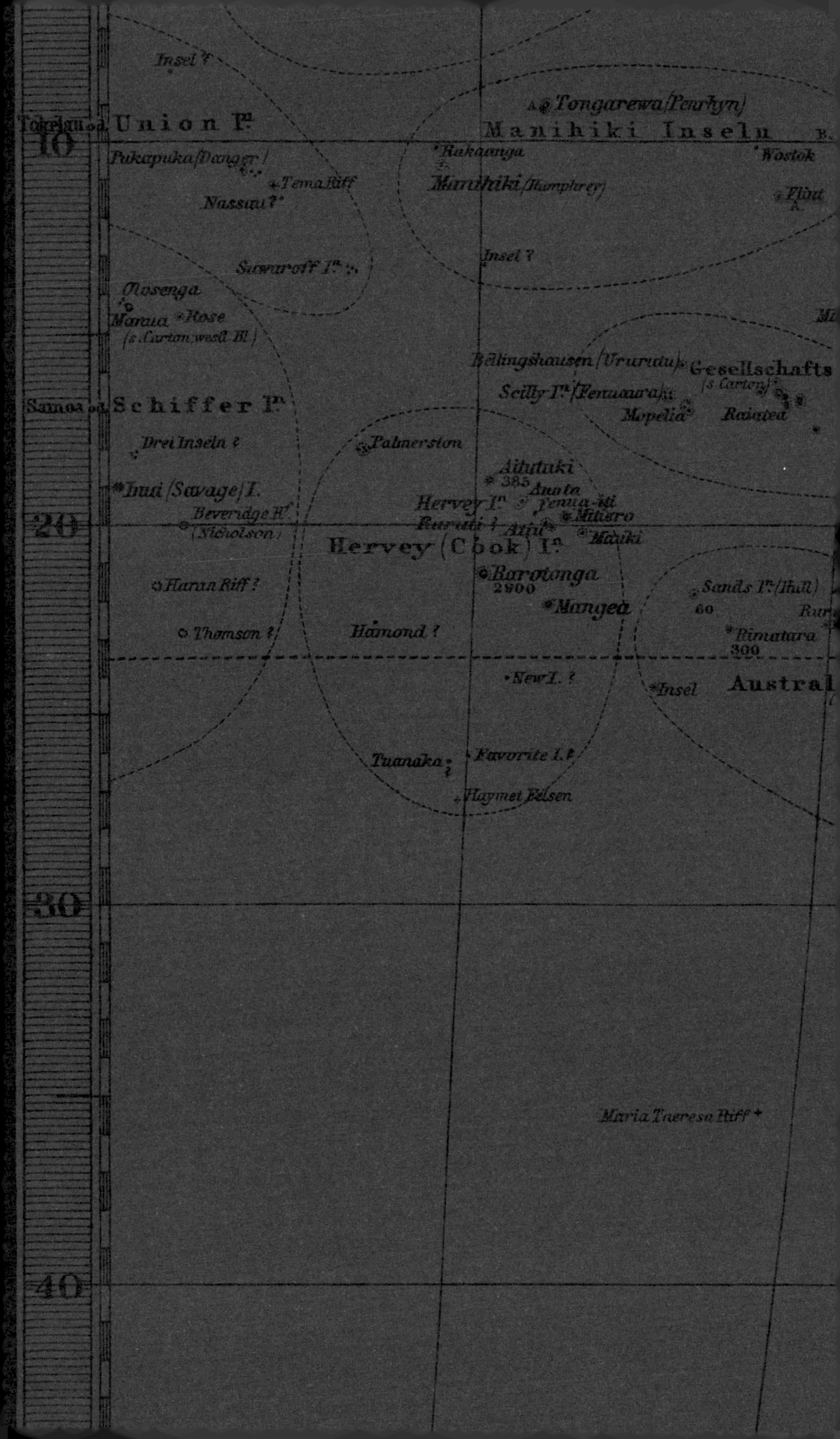
Insel ?
Tongarewa (Penrhyn)
Union I.
Manihiki Inseln
Tokelau
10
Pukapuka (Danger)
Rakaanga
Wostok
Tema Riff
Manihiki (Humphrey)
Nassau ?
Flint
Suwaroff I.
Insel ?
Rose
Bellingshausen (Ururutu)
Gesellschafts
Scilly I. (Fenuaura)
Samoa
Schiffer I.
Mopelia
Raiatea
Drei Inseln ?
Palmerston
Aitutaki
385
Niui (Savage) I.
Hervey I.
Fenua-iti
Mitiero
20
Beveridge R.
(Nicholson)
Hervey (Cook) I.
Mauki
Rarotonga
2800
Sands I. (Hull)
60
Mangea
Haran Riff ?
Thomson ?
Hamond ?
Rimatara
300
New I. ?
Insel
Austral
Tuanaka
Favorite I. ?
Haymet Felsen
30
Maria Theresa Riff
40

南库克岛

图阿纳基

又称图阿那赫

*　该环礁坐落在拉罗汤加岛以南约 200 海里，曼加伊亚岛西南约 100 海里。

†　图阿纳基岛可能在 1842/1843 年换年前后的一次海震中沉没，因为 1843 年 6 月传教士们就再也无法定位该岛。1875 年此环礁才从所有地图上抹去。

整七年前，某个疏朗无风的四月天，我在国家图书馆地图区的一个地球仪上发现了一座我从未听闻过的岛屿。这座名叫恒河礁的孤独小岛坐落在太平洋东北方的虚无之中，与浩瀚的黑潮——那始于台湾岛、沿日本群岛不倦向北推进的黯蓝洋流，那温暖咸涩的荡漾大水——相逆而栖。它是想象中马里亚纳与夏威夷岛链的北交点，当时后者还被命以第四世桑威奇伯爵约翰·蒙塔古斯之名，至少在那个儿童头颅般大小、由石膏和纸浆制成、印刷精美的圆球上就是如此。熟悉的名字和不寻常的位置诱我继续追踪，结果表明，北纬 31° 东经 154° 坐标附近曾有两次观察到礁石，甚至四次是陆地。它的存在始终被多方质疑，直到 1933 年 6 月 27 日，一队日本水文地理学家在深入调查过这一可疑地带后，正式宣布恒河礁消失。这场亡逝并未引起世界的更多关注。

事实上,古地图集记录着数不清的幻岛。地图越细致，未探索的空间越少，海员们就越频繁地相信自己看到过。他们为最后一块空白神魂颠倒，因大海不可测度的荒芜气急败坏，被低垂的云或飘荡的冰山欺骗上当，因咸涩的饮用水、虫蛀的面包、嚼不烂的腌肉阵阵作呕，他们如此渴望陆地和名誉，竟在无岸的贪婪中把汲汲欲求的一切都熔炼成大块的黄金和荣耀，这诱使他们在日志中记下带有冷静坐标的奇名，用臆想的发现打破他们毫无波澜的日夜。于是猎人、斗牛士或曙光之类的名字就找到了地图的入口，于是放肆的斜体字就出现在碎散之地的孱弱轮廓旁。

然而，让我心动的并非久无异议的断言，而是那些有大量报道确证其曾经存在、后来却毫无影踪的岛屿。所有证词中，我尤其着迷于对沉没岛图阿纳基的记载。这当然要怪它掷地有声、让人想到禁咒的名字，但关键是论及岛民的独特信息，他们全然不知打斗，从未在恶意层面上使用过战争一词。某种已被深葬的天真希望的余烬使我立刻对此深信不疑，虽然我也同时想起许多宗教宣传册的乌托邦式幻梦，它们竟敢大言不惭可能存在另一个世界，彼世却仅在现世的理论中受到偏爱——正如对其社会秩序的泛滥描写所示，它们常因不断地深思熟虑而变得敌视生活。像许多前人一样，我也在昧心寻找着不事回忆、唯解当下之地，一块因不知而忘记暴力、困顿和死亡的净土。于是，图阿纳基对我显现——美妙得如同文献所述：被珊瑚礁挡住激浪和缠绵潮汐的乳蓝色潟湖波光粼粼，从它多鱼的浅水中升起的三个刚刚超出海平面的小岛围作环礁，瘦椰参天，果林密郁，一群心性友善、热爱和平的人栖居其上，简言之：一块我干脆想象成天堂的宝地，仅有一个微妙但决定性的情形将它与其反复唱诵的原型区别开来，它树上的果子绝无智慧，除了那一点人尽皆知的陈词滥调：留下不走是更大的福气，而我的确很快就惊异地确定，这一抹伊甸园不是流放地，而是庇护所。

对这一隅不真之地的报道详尽得足以证实它曾经存在的可信，虽然精密仪表从未确定过它的准确位置，因为从没有哪位塔斯曼、瓦里斯或布干维尔，甚至没有哪位偏离航线的捕鲸船船长曾眺望过它温柔的海岸。我一次又一次地观察着南海大探险的轨道，跟踪着纸质大海上穿过经纬网的断线和虚线，以那座岛可能的位置比照着路径，在某种帝国情绪中，我把岛标记在最下方空白的长方形里。

时至今日，某块小大陆仍赞颂他是全世界无孔不入的航海家中最伟大的一位。毋庸置疑，这位发现者曾在他的第三或第四次航行中险些错失图阿纳基。是的，他那两艘曾作过运煤货轮、于 1777 年 5 月 27 日在惠特比大雾中下水的船，曾在岛可见区不远处擦肩划过——风帆如鼓，威仪赫赫，骄傲得如同战舰。为詹姆斯·库克服役多年的决心号与其快捷的新护舰发现号已航行了一个多月。它们从新西兰夏洛特湾轻拂的微风中起锚，驶经以其船长命名的海峡，两天后终于把雾霭中闪烁着墨绿的小山帕利泽港留在身后，开入旷阔公海。可风反对他们。清风时时转向，继而惨淡疲弱，暴雨飓风的鞭笞只带来煎熬的滞闷。甚至西风流也一反所有季节预告迟迟未现，它本应以熟悉的强韧把他们推入东北的大溪地子午线，下一个锚地却越来越危险地移向远方。多时已逝。希望一天天耗尽。他们原想在即将到来的北半球夏天沿新英格兰海岸航行，找到那让人梦寐以求的水道入口，以期在不完善的地图册上缩短太平洋与大西洋间的海路。行船通道虽被冰层覆盖，却与所有地理学家的梦一样古老而顽固，更何况，在必须放弃南大陆之后它已有了轮廓——为探寻那片由传说织就的土地，库克曾以险转陡折的轨道犁遍南半球的大海，却只看到冰山劈面而来。

两艘船就这样颓帆而行，隆隆轰鸣的寂阒开始向他们沉降下来。它与我图书馆中惬意的静谧截然不同。然而我还是间或能听到，那绵绵滚动的长浪，那丽日晴空的嘲讽，那微微蜷曲又平展开来的波纹不倦不终的布道，它曾误导麦哲伦把这片大洋称作“太平”。可鬼魅般毫无起伏的声调、那永恒的残酷噪音，比滔天骇浪更加可怖，毕竟，狂暴者迟早都会过去。

可这片大海既不平也不静，它无光的深处潜伏着必将归返的不可驯服的暴力。洋底多褶，遍布罅隙。劈碎地壳的海下山壑是远古时代未愈合的伤疤。曾在大洋上沉沉浮浮、尚未分洲的整块大陆听命于不知慈悲亦不解公正的自然法则，它被阴森伟力撕裂并推入地幔，直至其板块相叠相错，或降为险渊，或隆成陡峰。洪水淹埋了火山锥，亿万珊瑚定居到山口边缘，它们在阳光里建成新礁岛的骨骼，冲积来的种子于是在礁石上的肥沃土壤中蓬勃生长，而熄灭的火山则沉降至幽暗的遥远洋底——以无穷计时。如今，当这一切仍还在悄无声息地呼啸着，甲板下响起了牲畜的饥吼，公牛母牛牛犊公羊母羊山羊成群低哞，公马牝马嘶鸣，孔雀和雌禽嘹唳，家禽嘎嘎不休。库克从未带过这么多动物上船,应国王的明确愿望，简直是半个方舟，一如动物园原型对繁衍的规定。它们需要的粮草相当于全体船员，他问自己，诺亚怎样才成功地堵住这些饥饿的嘴巴。

公海上的第十五天，远离测定航线，从同行桶匠的日志中可以读到，特别关心马之安危的船长下令杀掉八头羊，它们本该与其同类挤满南海上的某个小岛。然而，还未备好端出后厨，一部分肉就消失了。曾发生过太多次的小偷窃。船长嗅到不从，嗅到背叛——当他减少所有人的肉量，直至交出罪人，船员们却拒绝触碰那一点寒酸的餐饭——甚至哗变。焦阳下的火柴，这句话似乎只在等擦出火花。无限漫长的几天，风再次吹起，只是从南而来，指挥官素来难以接近，而他的这个特点似乎外翻成毫不掩饰的愤怒发泄出来。库克气急败坏，大吼大叫，一个高大、孤独的身影，他的诅咒甚至在弹药仓里响起。如今是猜忌而非担忧，吞噬他的心。许多船员早已视他为严厉、公正的父亲，这个形象却在那些日子里暗淡成风一般莫测的老暴君。两年后，此人将在布哇国[1]的某个海湾中横死，有心人则能从这段航行中的一件件坏事及库克本人在日记中对此只字未提的事实，挖掘出致其毙命的一连串状况的祸根。

1. 夏威夷旧称。

剩下的日子抻长成没有尽头的一个月，时间早已转变成几近永恒的静止状态，单独的一个小时或一天在其中没有了意义。信天翁和海燕环绕着船，飞鱼在干燥的空气中嗡嗡作响，齿鲸和海豚擦肩游过，一群微型水母，小而圆，仿佛毛瑟枪的子弹。有一次，出现了一只红尾的大白鸟，预兆着附近不知何处的陆地，另一次是一段大树干，它已在水中漂了那么久，甚至覆有一层苍白的藤壶，就像郁积微沸的脓。

最后，终于，1777 年 3 月 29 日 10 时，逆风前行的发现号升起了红白蓝的荷兰旗，发出领土划归的信号。几乎同时，在东北方天际处闪烁的灰蓝海岸上，决心号的桅顶也清晰可辨，恍如幻象。船只驶向远处波荡的未知陆地，直到日落；一整夜，戗风驶近小岛 4 海里，当破晓的太阳从潮水中升起，晨光中的南岸定曾呈现出震慑心魄的迷人画面。几位船员被这非尘世的景象深深触动，立刻抓起纸笔，不仅要把它留在自欺欺人的记忆里，更要用水彩和多少经过训练的笔触保存下这充满预言的风光：微微隆起、在晨日下莹莹泛紫的缓山，被多彩树木和四散的棕榈冠覆盖的山顶，山坡上饱和、致密的葱茏植物，在蓝粉水雾里耀眼的椰子、面包果和芭蕉。

我在窒闷的地图区观察着那些画，仍能从中看出曾滋养它们的欲望，询问后得知，出于保存原因，大厅的毛玻璃窗不能打开。我还在草稿中找到发现号导航员的图，他负责划小艇环绕这块不大的陆地，尽可能确定岛屿大小、绘制它的地形图。小岛以双线勾勒，大胆的笔触提示着小山，却也同样可能是头顶的发旋，然而这张纸上签有一个双重荒谬的名字，手写体郑重宣布，此处所示为“发现号之岛”。又一个名字，我想，一种毫无根据的断言，与滋生它的痼习一样狂妄而徒然。

岸边早已聚起人群，他们浑然不觉自己已被发现、已被安排成每则来自远方的报道都不可或缺的土著人角色。为此目的，岛民已列阵相待，木棒扛肩，长矛蠢蠢欲动，越来越多的人从斜坡暗影中走入清晨的光，他们嘶哑的歌声也就越来越响、越来越咄咄逼人。他们挥动着武器，随呼号的节奏将其一次次举入高空——意在恫吓还是邀请，连数次使用望远镜也无法定夺。人群此时已数达两百，虽然在目镜中他们清清楚楚地靠近了许多，要阐明这无比重要的问题，用木头、黄铜和玻璃制成的仪器却表现得毫无用处。尽管有真诚的好奇，尽管繁冗的说明会描写语言和姿态、体态和服装，直至发饰及皮肤的花纹，尽管不可否认拿其他部族与之相比较的细致谨慎，可所有本质都对先行于言语的目光讳莫如深，因为目光只知陌生或熟悉，只识相似或本己，因为它把曾在的一一分开，于无别处划界，就像航海图上太过清晰的海岸断线，假装知道水何所终、陆何所始。

我想了很久，谁真正会解释符号？毛瑟枪和旋转枪的语言，或举起或伸出的无数左手和右手，野蛮或拘谨的姿势，明火上叉成串的肢骸，相互摩擦的鼻子，垂下来的香蕉——或月桂枝，问候的手势，和睦的象征，食人的符号。我倒在咖啡厅里一排铺着暗红色天鹅绒的座椅上，观察四周专心进食的人们，我问自己，什么是和平，什么是战争，何为始，何为终，何为慈悲，何为诡诈。分享相同的食物，夜里在反光中围火而坐，用铁件和不值钱的小玩意儿交换一只止渴的椰子？

人们站在岸边，僵硬地蹚过浅水，据说舞蹈、尖叫着走入暗礁。可他们在想什么？做决断的我是谁？那时候，虽不乏陌生世界的邀请，我却留在家乡，整天泡着图书馆，不断给自己寻找新的研究对象，以澄清我之此在的隐秘源头，并用规律日常的表象为之注入某种意义。那么再来一遍：他们想其所想，见其所见，他们有权如此。

确乎无疑的至少是：两个岛民，坐着尾部高高分叉的窄舟，向船划来，谁都没碰抛向他们的礼物，钉子、玻璃珠甚至红布衬衫。同样真实可靠的是，其中一个够大胆，竟抓住绳梯、爬上决心号。他在甲板上介绍自己说，他是来自曼加伊亚岛的牟鲁阿。他一定与船长对峙了一段时间，在船长室里，四目相对，彼此打量，就像两头此前从未相遇的兽：两个男人，牟鲁阿匀称的圆头对比着库克让人想到鸟的脑袋；一个面部线条柔和，黑眼、厚唇，另一个长着严肃有力的鼻子，薄嘴唇，眼窝深陷、目光犀利；一个把头顶的黑色长发结成粗髻，另一个把稀稀拉拉的头发藏入银灰色的假发；从肩到肘布满黑色纹身的橄榄肤色对比着无血色的苍白；长度及膝的象牙色衣服由树皮缝制而成，贴合着光滑如缎、营养良好的肉体，形削骨瘦的高大身躯上则是配浅色绑膝裤、衣襟敞开的压金蓝布海军服。只有让两个男人都破了相的大伤疤，似乎让我看到秘密关联的证明，尽管那天下午船上画家为牟鲁阿所作的画像没有表现出他因战争留在额上的那道长坏的长长的伤痕，而无数描绘库克的油画和版画也都善意地隐去从他右手拇指和食指之间延伸到手腕的增生的烧伤疤。似乎要见证这意外的亲密时刻，当一艘小艇把那位曼加伊亚岛民送回岸边时，他随身携带的铁斧换了主人。骇浪依旧滔天，很快连登陆或抛锚的希望也破灭了，海底太深，且覆盖着棱角尖锐的珊瑚。要离开这片未曾踏上的陆地，船员们灰心丧气，然而，当晚风吹来香如神馔的袅袅轻烟，遗憾就畸变成剜心蚀骨的绝望。

见证者的传述在这里离开了我，尽管他们自相矛盾，却毕竟带我登上了那艘黄蓝相间的船，来到那面未来几天将在远方拂晓中褪色的英国红的旗帜之下。我突然独自站在甲板上，甚或是那座我仅在模糊地图上熟识的小岛的岸边，那一刻，我忘了，我所落之处不是图阿纳基，而是曼加伊亚的一个邻岛，那从洋底升高五千米的放射状环礁，宽阔的石灰石礁内藏着无数被激浪蚀刻出的危岩和洞穴，环合如一枚巨大的戒指，岛内丘陵起伏，湿润的山尖和干燥的背风坡面在荒地和沼泽湖面上颤颤隆起。曼加伊亚人的源起也一同被探讨过。他们一一道来，祖先们如何划着独木舟和皮艇追随天狼星一路向东，定居在这一隅碎散之地，此后谁曾是、谁将是谁的儿子，谁为何种名目继承了谁、欺骗了谁。然而，叙述所依并非年岁之光，而是血的轨道，血在部落系谱和家族传承中远远地分了叉，直至在战场上被一次又一次遗忘。

于是我只能猜测，牟鲁阿如何在岸边被族人迎接，出于某种不诚实的原因，我甚至精确地想象到，他们会怎样急不可耐地询问那些苍白来客的特质和出身，并一致得出结论，派来他们的是曾被曼加伊亚岛崇拜的神明汤加罗阿，远古时代他被兄弟荣戈打败、逃入了开放的大海。我似乎看到，他们回忆着那场天意所向的杀戮，共同向离岸不远的荣戈石像走去，感谢他再一次让对手落荒而逃。在我可怜的想象中,是牟鲁阿第一个走到神像前,以光荣者的自豪开唱颂歌,他孔武的身材藏不住那位久经沙场的战士。是很久以前了,彼时他还是个未受割礼的少年,手持铁木大棒加入了战斗者的最后一排,打了一仗又一仗,他不断前移,拼死填补着父辈留下的空白,斗械也换成玄武岩凿成的斧头和尖枪——古潟湖的谷地上,海风鞭笞的绝壁拔地而起,围立如巨型斗兽场的看台,在这里,不同部落的战士、结仇之神的子孙,世世代代上演着同一场打斗,直至战鼓闷声宣告它的结束,直到舞蹈开始,刺耳的呼号盖过死者的呻吟,那是彻夜的凯旋之歌,拂晓时才会被和平的鼓曲接替。胜利者应得的,是不小的统治者头衔“曼加伊亚”。曼加伊亚意味着胜利,曼加伊亚意味着权力,有限时长内稳固得足以决定一切的权力:谁可以耕作、居住在哪块土地,谁被放逐、属于唯干草丛生的荒凉的喀斯特岩礁。在那湿冷的石灰石洞中,失败者常常枯等到瘦成骷髅——或人数剧增,以期在下一场战斗中打败他们曾经的征服者。我在半明半暗中看到他们闪亮的眼白,听到钟乳石的水在他们头颈上滴答,闻到发霉的空气。

首批传教士的人种学报告对我揭秘了小岛的仪式和习俗,我在那几个星期获知,曼加伊亚岛上的权力并非继承,而是争夺到手——战斗,或偷偷潜入常演变为屠杀的夜宴，被粉碎的卡瓦胡椒根麻醉的受骗者于是在滚烫的石头坑里被自己的体液煨成菜肴。

如今，牟鲁阿手握着那把亮得陌生的斧子，谁若认为它无非是木柄上的一块铁、一件善意的礼物，谁就对他的权力一无所知。谁继续在曼加伊亚取胜，就能用那把斧子装饰自己，它比任何工具都有用，可以凿木为桶、也可以劈碎板子和武器，就像历任统治开始时在荣戈祭坛上劈碎献死者的脑袋，不费吹灰之力。

这无垠的大海有成千上万座岛屿，曼加伊亚却不止是其中之一,它是整个世界。注定饿死在发霉的洞穴迷宫，或在朽烂的独木舟上被焦阳烤干，没什么差别。谁输了，就输掉一切,他的名字,他的土地,他的生命。能够自救者，再也不想回来。有些人会逃走，不少暗示说，幸运者在两日远的图阿纳基岛上找到了避难所。曼加伊亚岛上却接续着一任又一任统治，直到胜利与失败的循环戛然而终。总是相同历史的异变：来了外邦人，应被赶走的入侵者，捕鲸人用皴裂的手握着一枚花贝，它的齿状开口仿佛是饥饿的嘴巴；传教士和他们的妻子，刚一抵岸，就在死亡的恐惧中被扔回浪里，把他们的所有家当留在海滩上：一头公猪和一头母猪，它们会继续披着树皮，被敬奉为一对神侣，厚厚的书有着纹身似的黑色符号，从中撕扯下来的薄纸页沙沙作响地装扮着舞者，最后还有一种没名字的瘟疫，它索要的牺牲比所有战斗加在一起还多。这是开始，——随后而来的，是结局，是与诸神漫长的告别。铁木制成的神像被夺走，神圣的小树林被毁，神龛被烧掉。最后的异教部落凄凄哀哭，与他们在最后一场战斗中乞求饶恕一样徒劳。拒不皈依者死于美国的钢斧，荣戈像的废墟上很快建起了教堂。库克的斧子只是被击败的时间及统治的生锈遗物，如今已完成任务的它，被转送给了一位英国的二代传教士，带着骄傲还是暧昧的希望，是要以此强化还是结束曾缔结的同盟，我不得而知。连传教士也不知道，于是他干脆把这块铁送给了大英博物馆。

我必须想到地内力量。它们支配之处，缩短了升落盛衰的远古循环。岛屿浮现，又沉没；它们的寿命短于大陆，它们是暂时现象——用百万年的时间跨度、用大海无际无垠的浩瀚去衡量，我仔细巡查过所有陈列在地图区的地球仪，它们松绿、蔚蓝或淡青的发光背面让我相信，终于找到了那条线，那条连着曼加伊亚和图阿纳基的纤细脐带：是一次海震的暴力，某一天把曼加伊亚从海底抬高至水面，死珊瑚和玄武岩浆之环，从深渊高耸而出的险山之巅。是一次海震的暴力，某一天把图阿纳基卷入深渊，湮埋在太平洋的大水之下，就在传教士们开始寻找这块珊瑚礁后不久。骇浪灰色的影子几乎悄无声息地从天际涌近，一波袭来，万物皆空。几天后，我想象，小岛曾在之处，只有几棵死树漂浮在平如镜的海面。

一年前还有一艘七人帆船找到入岛之路，踏上空无一人的图阿纳基岛岸。在船长的命令下，一位水手凭单剑闯入腹地，他穿过香蕉丛、椰子树、簕杜鹃和野兰花的密林，吸入散发着缅栀、木槿和白茉莉的芬芳空气，终于在林间空地发现了一座有几个人聚居的房子。我无限满足地在记述这次相遇的唯一一则报道中读到，他们所有人，都披着曼加伊亚的斗篷、说着曼加伊亚的土话。

其中一位，无疑是最年长者，示意来访者进屋。后者应邀而入时，老人问起船长。

“他在船上。”船员据实答道。

“他为什么不登陆？”男人不动声色地问。螺号在他脖子上晃荡。

“他怕，你们会杀了他。”

一阵沉默，在那短暂的片刻，海浪似乎汹汹逼近。老人看向林中密郁的枝叶。最后无比平静地说：“我们不知道怎样杀人。我们只知道怎样跳舞。”

我的目光最后一次落到苍蓝的地球仪上。很快找到了位置。就在那里，赤道以南，几个星罗棋布的小岛之间，曾坐落着一块完美的土地，在世界之外，忘记了关于世界的一切。世界只为已知者哀悼，却不知晓，随那座微型小岛失去了什么，虽然这尘世球体把那块消逝的斑点称为它的肚脐，纵使连结它们的不是贸易和战争的结实船缆，而是无比精美的梦之纱。

外面下起了雨，潮湿的季风，对于北半球的这个纬度，温暖得异乎寻常。

古罗马

里海虎

Panthera tigris virgata

又称波斯、马赞德兰、赫尔卡尼亚、里海或图兰虎

* 不到一万年前，西伯利亚虎和里海虎因生存空间隔离而分裂为两个亚种。后者生活在阿拉斯河上游流域，从塔雷什山区覆林的缓坡和平原到连科兰低地；里海东岸及南岸，厄尔布尔士山北坡至阿特阿克河河道；科佩特·达格山脉以南至穆尔加布河流域、阿姆河及其支流上游；阿姆河河谷至咸海，更远至泽拉夫尚河下游水域，逆伊犁河而上，沿特克斯河直至塔克拉玛干沙漠。

† 直接猎捕、栖地消失、最重要的猎物减少，是里海虎灭绝的原因。1954 年，最后一头样本被射杀于土库曼斯坦与伊朗交界处科佩特山区的苏姆巴河附近。另有报道称，最后一头虎 1959 年死于伊朗北部的古利斯坦国家公园。1964 年有人曾在塔雷什山脉出口、里海附近连科兰低地的河谷盆地中见到最后的里海虎。20 世纪 70 年代初，伊朗环境保护部的生物学家开始在偏远无人的里海森林中寻找其踪迹，数年之久，徒劳无果。圈养无一例存活。少量制成标本的尸体沦为伦敦、巴库、阿拉木图、诺沃西比尔

斯克、莫斯科和圣彼得堡的自然历史藏品。70年代中期还能在塔什干的自然博物馆中看到里海虎标本，直至一场大火将其摧毁。

傍晚，她饥饿而焦躁。数日无肉。自被俘起，再未猎食。囚禁吓退本能，直至她兀突突地躺在那，如同被啃光的骨头。火在猫眼里燃烧。那是火把的反光。它告知着每次巡行都穿栏窥视、听入黑暗的卫兵，货是否还活着。

栅子打开。没有餐食，却备好位席。火把引路。刺枪把它们赶入无窗的黑洞，两个木板箱，高不过背隆。有人将其推上等待的车。感官被饥饿磨快。骚乱，动荡，嘈杂：卫兵嘶哑的命令，车夫刺耳的哨声，当啷当啷的辔头，运粮驳船在远处码头的撞击，车轮吱嘎轧过，绳索噼噼啪啪。

队伍冷不防动起来，走上预定路线。进入城市之极内。进入此在之极外。车轴每转一次都吱吱尖叫。

两兽仅隔一墙。它们蜷在暗里。什么都知道，什么都看不到。不见腐坏的船坞和雾气蒸腾的堆尸场，不见行经的普雷内斯提诺大门，甚至不见夜色中闪烁的大理石和提布尔大石建筑。它们是兽。与我们一样的兽。与我们一样必死无疑。

仍还是夜，它们被送入地下墓穴。在最后几个黑暗的时辰里，绕着窄窄的、无意义的圈子，彼此陌生——是否势均力敌，终会水落石出。隔间，囚室，发了霉，对太阳深藏不露。即使终于日出,也没有一束光穿透至此，到达这由通道、坡面和升降机，由陷阱和门构成的地下世界。

此时，它们头顶张起帆，如第二片天，笼罩着渐渐被人类填满的石质漏斗：执政官、元老、女祭司和武士、公民、自由民、退役军官——最上方，边缘，女人。他们都来了，要看。他们来了，要被看。是节日，大场面。称之为竞技赛的人，不识固存其中的神圣秩序，和随之而来的血腥庄严。

天尚早，皇帝走进包厢，扯掉斗篷上的风帽，露出他健硕高大的身材和粗壮的脖子，人人都认识硬币上那张肥胖的侧脸。当他终于坐下，地牢开了，深渊绽裂，一头从未见过的巨兽从活板门下升起，它沿篱栅冲入场内，跳着高撞击隔开舞台和观众的护栏，用它强劲的前掌轰隆隆地拍击铁门，停下来，环顾四周，僵在那没有尽头的一刻。

吼声跨越山海，抢在怪兽之先：它从赫尔卡尼亚密林深处而来，里海沿岸那蛮荒、险恶、常青的土地。它的名字是咒语，也是誓言。它叫：迅疾如箭，狂暴如河流中最湍急的底格里斯（Tigris）,它（Tiger）亦得名于此。它皮毛野火般泛红，面容描画精致，耳朵直立，臀部有力，口鼻具白髭，重眉之下双眼绿光凌厉，额上有对称的深色胎记，其含义无人可解。

巨兽摇了摇沉重的脑袋，张开可怕的血盆大口，露出两颗尖獠牙和多肉的口腔。舌头舔过发亮的鼻子。咆哮从喉中传出，一种从未听过的嘶吼在人群中层层回荡——那是让任何话语都沦为呢喃的可怕声音。一个论断流传开来，半是知识，半是诗:此兽俱雌，因为它们太过残暴，唯有被夺子的母亲才会如此。认为此话正确的只是偶然：再不能生育的肚腹藏在画有一环环深棕纹理的尾下。

巨兽又动了起来，用无声的脚步丈量着广场，随墙影，寻找能提供安全、宁静和庇护的场所——寻而无果。只有木栅油腻腻的灰，装有护栏的窟窿，宽袍闪亮汹涌的白，一块块浅斑，一张张僵成面具的裸脸。

此兽何时第一次对他们显现?不是在噩梦里，作为吃人的蝎狮，长着恶毒的孩子的脸，满是獠牙的露齿大口，抵挡箭镞的尾巴。而是活生生地，随一个印度使团，出现在萨摩斯岛岸。当时也是雌虎，独行者队伍里最后一个样本，熬过无比漫长、痛苦的旅行活了下来。人们用精铸的铁链把她牵到奥古斯都面前，作为恭敬臣服之证——亦是自然的可怕奇迹，与那个并列的神首柱般的少年同样罕见、同样骇人：他半裸着，全身涂满香料，无臂，它们已在婴儿时被人从肩膀上砍下。他们站在那里，龇牙咧嘴的兽和断肢残废的人——两种稀奇的生物，一对诡怪的搭档，每位诗人都会由此写出恐怖之崇高的箴言。

六年后，此兽首次现身罗马。五月望日前的第九天，在这座竞技场期待已久的落成典礼上，她与一头犀牛和一条十肘长的花蟒被一同展览出来。这头猛兽已今非昔比，众目睽睽下，她竟用粗糙的舌头舔起卫兵的手，就像一条狗。

罗马泱泱大国，散线般辐射向天下四方。他们不仅征服了拉丁人、沃尔西人、埃魁人、萨宾人和伊特鲁里亚人，也战胜了马其顿人、迦太基人和弗里吉亚人，连叙利亚人和坎塔布里人也被打败——如今，甚至怪兽也如蛮族一般驯服，鞭笞和撬棒赶走了野性，羊肉和兔肉骗取了信任，它们因此得到所有臣服者应得的保护。这头眨眨眼就能回击阳光、却躲不开人类咄咄目光的雌虎，仿佛一个即将被释放的女奴，马上就会被宣布成帝国的公民。然而，不知何处传来复仇的呼唤，与其说它出于忌疑，莫若是一种喜怒无常，滋长的困惑和突然爆发的狐疑有着永远不变的刺耳合唱，而复仇的回音总是在其中响起。人们硬要说，她的臣服只是表演，她的温柔无异于阴谋。哪怕食肉兽藏起利爪，转身仰卧，露出肚皮让卫兵爱抚，她的可怕依然丝毫不减。这个敌手让人感到虽胜犹败，再没什么能像她曾拥有过的权力那样，持久地激发恐惧。因为真相素来无法否认：自然不可战胜，野性永不驯服。巨兽的每一次呼吸都让人想起古老的恐惧和危机四伏的祸患——她的速死也因此刻不容缓，就像战争获捷后要立刻献祭谢神。审判同心一意：驯兽应战死，一如罗马的所有敌人。然而，当人们开始挑选对手，却没有一个敢上前一步。那就在笼子里宰了吧。

链啷当，剑铮铮，木窗落到沙上。土层裂开。坐席中传开窃窃私语。一个黄褐色的脑袋从暗中浮出，一头狮子走入赛场，平静，镇定，高昂的头颅环以锈黑的鬃毛。深色毛发从肩头高处垂至下腹，皮毛蓬乱。他看着陌生的大猫，领悟到她完美的捕食者形态。两兽相立对视，第一次——从安全的远处。一匹马在门前嘶鸣，一声鞭响。此外则是静寂。所有人都倾身向前，要解读猛兽的目光、它们喑哑的姿态、它们不动的存在。可没有什么走漏风声。绝无丝毫乖顺，没有阔野上强盗与猎物各安其位的融融之兆。

狮子庄严端坐，不露半分躁气，紧腹傲胸，定格成立像，称霸已久的帝王。无人说得出是谁在先，统治之职还是英雄状貌。不敬仰他的世界，不可想象。不以他为王的故事，不值得讲。它的鬃毛在阳光中闪着微微的红光。他目光冻结。眼睛亮如琥珀。他流苏般的浓密尾缨鞭打着粒状的干沙。他张开大口，越来越大，露出黄色巨齿，伸长脑袋，放平耳朵，眼睛缩成细线——开始吼叫，从胸腔深处挤压出的呜咽，一声又一声，随后是可怕的咆哮，每次都似乎来自更深的深渊，更响、更猛，更急、更戾。印度人说，那是狂风呼号，埃及人说，那是冲锋大军的疾驰，希伯来人说，那是耶和华的雷霆震怒。但那也可能是宣告世界终结的创世初音。

雌虎低下头，弓弦般隆起瘦长的身躯，把流苏似的白须压入沙中，猫一样抻开后腿。她肩下郁积着肌肉的纯力。她伸出一只前爪，小心翼翼地，迈出另一只，匍匐着徐徐向前，滑动得越来越近，停下——瞄准了狮子。

他看着她来，镇定自若。对于他的勇气，人言无误。恐惧沾不上他。他纹丝不动地守在原地，静观其变。只有尾巴左右扫动，在尘土上写下一成不变的弧线。他的血沸腾着，宝石也会融化其中。

起风了，一只鸽子忽地卷入帆，扑棱棱寻找着远方。雌虎奔跑起来，急速穿越空中，冲向狮子。他站了起来，两个脑袋撞出一声闷响，两大团皮肉在沙中翻滚——急速旋转，直至厚板的裸木迸出火光。怒吼、喘息和咆哮充斥着斗兽场，混以喧嚣和呼喊的合声，高涨为湮没一切的震耳欲聋：疲惫的狮子在无光的坑穴里呜咽，捕入拖网中的幼虎嘶哑吠泣，一头受伤大象虚弱地低吼，被追至精疲力竭的母鹿凄凄哀吟，被射中肚腹的孕猪可悲尖叫。

它们来自帝国遥远的边缘；毛里塔尼亚、努比亚和盖图里丛林的黑豹、狮子、猎豹，埃及的鳄鱼，印度的大象，莱茵河畔的野猪和北方沼泽的麋鹿。它们乘着有桨有帆的船只而来，顶着倾盆大雨、酷暑和冰雹，苦于海浪颠簸，带着血淋淋的爪掌和磨钝的牙齿，装在粗榆木和榉木造的板箱里，像战俘、像判刑的罪犯，载上重型车。拉车的牛，一旦转过轭下压弯的后颈、无意中瞥见它们的货物，就会挣脱车辕，喘起粗气，吓得直翻白眼。

长天之下，车子穿过微光斑斓的平野和幽黑森林，穿过荒芜或肥沃的土地，在最贫瘠的乡村和城镇中休息，律法要求它们供养这些动物及其卫兵。一切为了罗马，这从其边缘汲养的短暂、脆弱的帝国中心。大多野兽中途丧命。被抛下车的死尸，在水里泡胀，被太阳烤干，成了狗和鹰的食物。命运对它们无情，却似乎比对幸存者更慈悲。

它们开入罗马，在高轮大车上，与军械一起，受万众瞩目，如一切奇珍异宝，巨大的字母宣告着它们的名字和缴获地。

人们将其存放在城墙外的船坞附近，关入窄笼，为所有猎手都将变成猎物的斗兽场做准备，在心平气和处煽动起仇恨。动物太温和，就饿上几天，扔去尖刺和燃烧的小树枝，挂在当啷啷的金属上，或是用红色的稻草人。谁在斗兽场上拒不出战，谁敢违逆其他人安排给它的角色，就会失去性命。比赛庄严。庄严得就像它们纪念的男男女女之死：常胜统帅，早夭的凯撒传人，皇帝的父亲和母亲。

战斗神圣。为强造壮观，屠夫们把野兽绑成串：原牛接大象，犀牛接公牛，鸵鸟接野猪，狮接虎，于是，阔野上永无瓜葛者，在斗兽场的半圆里狭路相逢——被逼成敌，剥夺生境，大惊而狂，暴露于众目之下，被不可见的绞索限定于此在，它们被允许活，正是因为要注定丧命于痛苦的、供人消遣的死。判决明确，它们的罪却始终隐晦。

仪式或许古老，可此时无人从头上脱去宽袍，生怕一眼错过死亡。热气腾腾的内脏不会让神明心软。没有悼歌唱诵死者，没墓碑掩埋尸体，只有活过无数比赛、一次又一次挡回死亡、甚至杀掉斗兽士、最终独留场上，才会被赐予后世声名：母熊依诺圣提亚和狮子西罗二世，可它们，终究也会在欢呼沸腾的观众眼前被一头无名虎撕碎。

雌虎摇开身子，滚到一侧。狮子向她的右前爪冲去，击中她的脑袋，撕下一块头皮。他闻到了血，闻到曾在阿特拉斯荒原把他引入陷阱的、受伤的、咩咩叫妈妈的羊羔，他闻到了失败和胜利。他铆足全力跳上她的脊背，后腿撑地，利爪刺入后颈，猛地向后掰起她的脑袋。雌虎大吼起来，咆哮着张开血盆大口。狮子再次发起进攻，逼退雌虎，直至她的尾巴擦过竞技场的围墙，他紧跟上去，一次次向她猛扑，瞄准她的喉咙，牙齿死死咬住她的脖子。

似乎胜负已决。雌虎轻轻呻吟，如同一声叹息。左耳下裂开血三角。她弓身、挣扎，终于摆脱了撕扯，一跃跳上对手的脊背，前爪拍向后颈，把他拖倒在地，抠入他的皮毛，又一个抽身，尾尖颤抖着落在两竿外飞扬的尘土里。欢呼如潮，掌声雷动，铜号吹响了。

狮子好似恍惚了，他大口喘着粗气，转着沉重的脑袋查看自己的伤口，脊背上划出两道红色印痕。他甩了甩鬃毛，再次摆出战斗姿势，扑向雌虎，嘶吼着，喘息着——夹着痛苦的咆哮。她后退着摆动身体，看准他的前腿。两兽站立着扭打起来。红、黄、黑的毛发纷飞。人群乱叫，开始大吵大嚷，疯狂地煽动着他们所欲求的打斗。他们称之为捕猎，可没有丛林，护栏封住所有出口，高墙如同被占领的城垛。

他们让死刑和戏剧杂交。一群神经纤细的暴民——习惯了宏大、无穷、残忍。习惯了，一切可想之事。界限之所以存在，只为被跨越。只有好奇、只有想到就要做到的冲动，才能生出他们混着憎恶的欲望和混着欲望的憎恶。因为，自诩有所选择的他们，也无非就像用石头砸死青蛙、只为取乐的孩子，只是听从着本能。

好奇也生出疑问，若把动物园的所有猛兽一起关入这多沙的深穴里较量气力，谁会赢？一场大戏，激发又压制着每一丝恐惧。一幕奇观，比奥古斯都为夭折的继承人举办的所有竞技赛都更宏大。什么是野性的巅峰？

一头驯化的虎，撕碎温和的狮子？斗兽场上猎兔的狮子，咬住它、叼在口中四处游走，就像它自己的骨肉，与之嬉戏、再放跑，只为重新捕获？猫科动物的百牲祭，一天内，在斗兽场表演、被杀，直至女人晕倒，遍地尸横，身体不再是身体，七零八碎，浸泡在血中，头颅抽搐，躯干被吃，四肢冷硬？

马戏（Zirkus）继承着竞技（Circus）。一种想法，一旦存世，就会在另一种形式里活下去。蹲在表演台上的大猫，叠成金字塔，排成四对舞。它们会骑马，踩单车，在跷跷板上摇晃，在绳索上平衡，纵身穿过熊熊火圈——穿着戏服的狗被当作跨栏跑的障碍，直到鞭子抽响，信号出现，舔起穿角斗士服的驯兽师的凉鞋，用战车拉着他穿过马戏场：狮子和虎——草原上的群居动物，潮湿森林的独行者——这不等的一对，肩并肩，套在轭下，恍若在古迹马赛克上酒神的车前：非洲对亚洲，统治对狂野。英雄的过往、贵如帝号的头衔又有何用？作为皇帝和圣人的宠物度过狮生。它满足了殉难者最内心的愿望，人们却把它的帝国洗劫一空。赢得一种特权，丢了另一种。城市、国家、帝王把它强铸于名牌上。它在所任的公职中忘记了自己的源地，旷野，太阳的力量，集体捕猎。欧洲人忘了虎几千年，于它又有何用？当然，它的稀少使它免于僵化为符号。这拉丁动物志中的古怪造物，被归入蛇和鸟，度以陌生的美德标准。他们辱骂它的怯懦，实应叫作聪明。只要躲得开，它就避着人。

远远看向未来，看到悲伤的命运；它们将与尤利安一样，家破人亡，末世子孙将被兽皮般塞作标本。永远囚禁在缩微立体布景中，在蒙尘的草原和断裂的草杆前咆哮，玻璃眼珠，血盆大口，露出大犬齿，威胁——或恳求着，就像死前一刻。在保护区、由人照管的一生，玻璃和地堑之后，假山之前，铺砖的房间和无栅栏的野生动物园，终日牺牲给无所事事，头上围着嗡嗡的苍蝇，进食和消化间的此在，在充满骟羊肉、马肉、牛肉和温血味的空气里。

观众暴怒起来。比赛戛然而止。两兽彼此放下、停住，粗重地呼吸着。血从肋腹部淌下。母虎拖着脚步走开，把受尽折磨的身体靠在围墙上，喘着粗气。狮子留在原地，肌肉颤抖，上唇浸透着血，满口泡沫。他的目光钝而空，眼睛无底。他的胸腔起起落落，呼吸着尘土。影子落在舞台上，云藏起太阳，一刹那。

场中突然亮了，陌生的光落在这一幕上。一种可能性开显出来，仿佛奇迹，一道无人想到的看入未来的目光，一个出口，预定轨道的岔路，崭新且不同，对近在咫尺的死一无所知。尽管，在那景象中，也是绝境、是求生欲，命中注定般，把两兽推向彼此。一种并非结束、而是开始的暴力。仪式遵从着一条古老而强大的规则。它说的是：在血统熄灭前，维系你的族，保存你的种。发情期临近，没有选择。本能失效,就让另一个取而代之。活着的,要吃。吃的,要繁殖。繁殖的,不会灭。信号引发异议,信息却明确无误,尿里的麝香是邀请,去加入后果严重的游戏:威胁姿态后是迟疑不绝的羞涩,靠近后是逃避,抗拒后是短暂的服从。

它们彼此摩擦,紧紧贴着脑袋。它们打斗,停住,爪子抬起,目光交错,抗拒着不可避免之事,逃离着心爱的敌人,欲火挑招,醉意漾荡,直至再也绕不过,被勾了魂,中了邪。

橘黑相间的大猫终于低下头,平趴在地上,狮子跨上去,沉下灰棕的身体,坐在她身上,不论如何亲近,总残存一丝陌异,可即便如此,过程还是人尽皆知:他咆哮着咬住她的后颈,直到她怒吼着随他摆动,二者生产出唯有非自然的亲密才能强行创造之物——不论是否盲目。世上没有任何力量能阻止如今发生之事。谁来定夺,什么是反自然,什么是自然规律?除了生殖力的传递者,大猫们还是什么?其种属的叛徒,亦是其卫士。后代不会在意,它们曾被迫行房。

初为梦者,百日后以幻象归返,嫁接般的妄诞造物,把双亲的秉性翻了倍、也减了半:黑尾无缨,白腹,短鬃,皮毛浅如沙,泛红的锗黄中圆斑如条纹般闪烁,父亲的体格,母亲的侧影,与之不同的轮廓,狮的平背,虎的鲤鱼脊。庞然大物,天性分裂,如虎般易怒,如狮般淡泊、强韧——被诅咒而注定孤独的群居兽，畏水的泳者，驱逐目光的惹眼物——杂种，狮虎，虎狮。

它们难道不是处处可见？在英国马戏团长的巡回流动展品中，有三只幼崽在涂色的铜板上，人们带走了虎妈妈，留下一只喂奶的猎犬，它们不到3岁就全都死去。稚拙彩画上，房内混杂的大猫之家，里面的驯兽师就像它们自己的孩子。电影胶片上，沙色的狮虎在一位银色泳装的女士身旁，巍峨巨兽，世界上最大的猫科动物，欲望冷淡、生殖力枯竭的雄性。

一声尖叫响彻上方座列，人们一哆嗦，快速转头看了看，又把脸朝向赛场。梦倏然结束，后代并未出世。似乎要赶走思绪，事件进程加速。旷远的地球和它形形色色的世界收缩到这半圆之上，这贫瘠之地，这由沙土、人群和石头构成的光秃秃的狩猎场，苍蝇嗡嗡乱撞，不安的手扇出微凉的空气。

母虎挣扎站起，又围着对手打转。狮子被逼自卫，可他的出击错过了目标。橘色的大猫退回、起跳，箭镞般疾速穿过空气、落于狮背。庞大的身躯滚过斗兽场，涂满血，染了尘土的棕。狮子嘶哑地咆哮，甩掉母虎，喘着粗气，摇摇晃晃，跪倒在地。他背上裂开两道伤口，血从深深的咬痕中流出。母虎已经重新跳上他肩头，獠牙刺入咽喉。他本必死无疑，只是鬃毛才让他躲过窒息。母虎松了口，喘着气，满嘴狮毛。这时狮子后摆、出击，母狮趔趄、平衡，再次向前猛冲。它们又倒在一起。母虎扑到狮身上，死死咬住他的肉。后者挣扎着站起，甩下她，张开大口，吼声渐弱，倒入沙中。躺着，一动不动。

母虎观察着她的作品，瘫倒在地，颤抖地舔着伤口。皮毛上的条纹模糊在血中。

皇帝克劳狄乌斯大笑着他放荡的笑。嘴角粘着唾沫。他起身，向前走了一步，坐下来讲话，要赞美今日祭奉的亡母。

可他口中的话语碎得结结巴巴，他沉默地倒在座椅里，耳中是母亲曾赐给他的可憎之名：怪物。这个恶毒的词阴魂不散，但凡他能想起，就是追杀他的咒语。谁能责怪她？什么助他掌权？只是因为，他还活着，王室的唯一，家族的最后一个。没人把他当回事，他，怪物。

他登基继位，是纯粹的偶然，帝职从不是给他的：民众的恩主,生死的统治者。他看着元老们的大理石座椅，武士宽袍的窄紫边，一道道质疑的目光。只要不怕，就很容易控制自己。汗从他的太阳穴上淌下来。

钟响了。门开了。人群狂吼。一个人走到斗兽场上。斗兽者只穿着束腰的短袖内袍，没有盔甲或盾牌，腿上缠着绷带，左手一具笼头，右手一杆数次高举、指引民众的投枪。母虎看到了这个半裸的人影，悄悄潜近，蹲伏下来，准备跳起——可此时枪头已刺穿她的胸膛。母虎挣扎、盲目地蹒跚乱撞，想甩掉长枪，她垂下头，眼睛搜寻着，难以置信，她的目光看向战士，看向鼎沸如狂的观众——然后瘫倒在地。眼睛爆裂，目光僵硬。鲜亮的血从鼻孔喷出，张开的嘴巴里汩汩涌出红沫。战士已走完一圈，接受掌声、呼号、跳舞的旗子、肆无忌惮的动作。提供了服务，重建了秩序，混乱被暂时攻克。

渐渐地，看台亮了。万物寂然。有人来，把尸体拖出斗兽场，扔进地牢，和上百头其他死兽堆在一起。空气里黏着腐败的味道。主场节目下午开始——角斗士之战。

瓦莱州阿尔卑斯山

居里克的独角兽

* 主要因真空实验举世闻名的物理学家奥托·冯·居里克，还首次从一批出土孤品中复原出一具动物骨架。1672年，在他的《新马格德堡实验》中，居里克提到1663年于奎德林堡附近泽威肯山中出土的“独角兽骨骼”，可事实上，他既没有发现那些骨骸，更不可能复原过它们。此外，据1704年和1749年的两幅铜版画推断，它们应来自若干冰河时期的哺乳动物，如猛犸象、披毛犀等。

† 那批可疑的骨骸曾被保存于奎德林堡庵堡内，直至人们将其一块块交入欲购者手中。今天，一具高达3米的独角兽骨架人工复制品，作为东部城市储蓄银行的永久外借品，被陈列于马格德堡自然博物馆中。

几年前，我在山中度过了一段时间。疲于持续不断的紧张压力，我决定去一个偏僻的阿尔卑斯村落里隐居上几个星期，一个朋友在那里的木屋可供我使用。我当时怀着一个自认为独特的想法，打算写一本怪物的自然指南。在介绍此书项目时，我曾毫无顾忌地宣称，虽然鬼怪主要诞生于人类的想象，虽然种种反驳否认其存在，可它们仍然像现实动物的代表那样，天经地义地聚居在这个世界上。所以，我对那一伙潜在的出资方慷慨陈词，它们的性情、形态，以及它们发源的生存空间和特殊行为，既可以被研究、也能系统地梳理。我有点自作多情地加了一句，我们未必要屠龙，也可以解剖。没怎么考虑过这本书的目标群体、篇幅或版式，我就签了合同，乘最近的一班火车南下。

快中午的时候，我抵达了一个中世纪小城的火车站。正值四月中旬，空气仍冬天般凛冽，太阳孱弱无力，随后的巴士似乎开得没头，从末站攀向小村落的路坎坷陡峭，正是我所想象的通往幽闭生活的过程。我还记得，当我沿着驼畜走的蜿蜒小路穿行岩漠时，被自己的一个想法逗笑了，小时候我其实很胆小，最怕恐怖电影和独自一人，如今却主动选择独处，偏要操心那些常常足以让人毛骨悚然的人类想象力的怪胎。登山如此费时费力，主要还是由于我装在行李里的一大堆书。

直到暮色降临，才在一条岩石路堤后浮现出黑白相间、零落在山坡上的房子。鸦默雀静。只有电杆的导线在我头顶嗡鸣。我在约定的藏物处找到钥匙，走进上层简朴却敞亮、用又宽又厚的落叶松板护墙的内室，从下面的棚子取回柴，码在炉边，生火，沏茶，铺床。夜色沉沉，很快笼住山坡和我的新家，若记忆不欺，第一夜的睡眠，无梦而沉。

次日早上醒来，顶窗的天就像寡淡的粥，过了好一会儿，我才又想起自己到了哪儿。外面，葱郁多荫的壑壁拔地而起，峰顶多皱，覆有雪冠，虽几经努力，我还是无法在餐桌上铺开的地图里找到匹配它的名目。一条地堑洞穿入豁然开阔的冰斗冰川，阴郁的晕滃将其标记而出，我一边盯着那些短线，一边还在想，这也许是因为，我在海边长大，海不识山渊，即使风暴当中亦无定型。

我穿上派克衣，踩着徒步靴，走了出去，径直进入森林。蓝山雀啁啾，环颈鸫哀唳，残雪在浅洼中闪烁，好多树干上都裹着一层由霓虹绿的小手臂编成的镂空荧光网，这更加强了我的洞察力，自然中竟然出现完全是人工效果的生物。它很容易从树皮上剥下来，在我的上衣口袋里感觉就像干燥的苔藓。半小时后，我来到一条峡谷旁，它如同皲皴的伤口在山坡上裂开，荫蔽的湿润深渊上架着一座几乎不及掌宽的小木桥。

我就地返回。到达小村落时，太阳刚爬过东边的山脊。空气依然凛冽。我能看到自己的呼吸，连同我小屋烟囱里升起的轻烟，它们是远近唯一的人居标志。二十几座房子缄默静立着，深色建筑的居住层搭建在石质基座上，屋脊向谷，盲窗不透，百叶闭合，连居民区边上的小教堂也不开门。教堂前是用一块冰川漂砾凿成的饮水槽。

水冷如冰。

第一个星期过去，没什么值得一提的枝节：我每天八点起床，早餐前走长长的路，散步到峡谷再返回，仿佛我一生中日日如此，回来后把一两块柴扔进火，做咖啡，给自己煮一枚蛋，就坐到圆餐桌旁读书。我十分自在，最初几日就已积攒了丰富的储备，好一阵子都不必去那家坐落在深谷中的村庄食品店。木头绰绰有余，书也一样，还有一个文件夹，装满复印的心理分析、医学史、神秘动物学及其他稀奇古怪的研究文献，倘若我反复在白日梦里渴望的灾难成真，燃料至少不会迅速耗光，这个想法让我欣慰。

于是我沉浸在我的研究里，很快写满了一整本笔记，其中不仅有怪物和幻兽五花八门的特征，我也记录下相关传说的要素和这些造物各自在嘈嘈切切的恐怖宇宙里充当的角色。老实说，我有点失望。重复很明显，每个新故事都很快显形为杂烩，由老掉牙的活动布景拼合而成，每个形象都是想象和经验不怎么出彩的杂交。简言之，物种谈不上森罗万象，现实的自然比虚构更多了几分古怪。所有怪物出没的故事无非证明着阴魂不散的叙事模式和母题的坚韧不拔：每隔 500 年飞出火焰、从自己的灰烬中重生的凤凰，装腔作势的斯芬克斯带着她的谜，美杜莎的死亡凝视，蛇妖卡托布莱帕斯。最后总被打倒的龙有各式各样的变种，它们有皮质翅膀、让空气臭不可闻的呼吸、对金子的欲望，还免不了在它们的血里洗个澡。甚至异域文化圈的幻兽也没带来预期的新花样。本质上大同小异：保护或牺牲女人的贞洁，证实男人的英勇，制服野性，打败异类，超越过去。我最烦的是陈述里嘟嘟囔囔的故弄玄虚、那种罕见怪事的傲慢姿态、提到即将来临或已在鸿蒙史前发生过的不幸时那种恶臭的暗示。更让人厌倦的只有研究者的推断，他们只想在怪物身上看出被误解的真相。对于他们，根本没什么神秘可言。犬头人只是一群到处抢劫的狒狒，凤凰是模糊在熠熠晨光中的火烈鸟，历史传单上的海洋主教无非是犯了迷糊的僧海豹，独角兽则是译错的犀牛或剑羚的侧影。可让我失望的是，偏偏那种显而易见的问题没有任何一处给过可信的回答，比如，龙和恐龙为什么像是从一个模子里刻出来。

虽则如此，我仍死守着计划，尝试第一次给怪物们分类，可很快我就得出结论，我的即兴安排无用且滑稽，更甚于，比如说，18 世纪早期瑞士自然学者设计的瑞士龙分类。虽然我了解到，狮鹫源自许珀耳玻瑞亚或印度，食肉巨鸟来自阿拉伯，中国龙有五个脚趾、朝鲜龙四个、日本龙三个，蛇妖栖身于潮湿的井道，定居南美的食肉植物雅特夫有刺状触须，可造成致死性的溃烂。至于猩红的蒙古死亡蠕虫应算是定义本来就不明确神秘动物，还是干脆就属于蛇类，我绞尽脑汁，却没有任何值得一提的认知上的长进，甚至没感到一丁点儿满足。

不足为奇，某天我终于决定，要亲自创造更好的怪物，或许是个包括宇宙论在内的完整世界，一个尽善尽美的奥林波斯。像往常一样，写不下去，我就开始画。有天下午，我用带来的一点水彩勾画出第一个家伙，可它闪闪发亮的毒绿色鳞状皮、武装着利爪的足间的皮质蹼、通红的眼睛，看上去与其说可怕，不如说是可笑。我很少感到这样无能，如此愚笨、空洞。不可否认，演化比人类的想象更有创造力。雌性太难找，在无光深海中巡游的巨鱿就干脆把精液射入每个与他相遇的同类皮下，根本不先查看对方的性别——比起它的觅妻行为，航海故事里的章鱼怪又算得了什么？古希腊的鸟身女妖哈耳庇厄的弯爪，怎比得了同名钩鼻猛禽[1]的可怖面容？被赫拉克勒斯斩首而痛苦死去的九头蛇许德拉与水螅潜在的永生、在神话和童话里歇斯底里看守宝藏的龙与加拉帕戈斯岛岩石上打盹的巨蜥，又怎能相提并论？

我越来越频繁地中断阅读，盯住火光，揉搓那团硫磺般刺眼的藓衣小巢，用不同字体把我的名字涂画在复印文章的背面，它们是讲怪胎的，一到这里就被我挑拣了出来。在此期间，我还读了一点瓦莱州的传说集，是在床头柜抽屉里找到的，不信神的男孩和谋杀儿童的妇女用他们四处游荡的灵魂把我从怪物身上引开。我剪了指甲，梳了头，直至粗硬的深色头发书签般躺在书脊的

1. 指新几内亚角雕。

折槽中，看了手机屏幕，虽然几乎没什么信号，还望了望窗外山谷的峭壁，就像我在等什么人或什么事。

第十二或十三个夜，我梦见浴池里爬满蛇，可它们粗短的身体更让人想到截肢的蜥蜴。特殊之处在于，它们有着少女的脑袋，青春的粉红的脸和编成长辫的金发。我试着和它们说话，它们却沉默不语，反而飞到空中、穿过屋子。只有它们的目光才清楚地显示出，它们与我感受相同。醒来时，我不得不想到貘，那种主要以人的噩梦为食、长着象头的日本怪物，不知它会不会喜欢我的。

我决定，在这一天结束我的调查，重回人间。天色阴沉，松散的灰云团悬在森林上空。色调惨淡，却正因如此，一切都清晰起来：一段柏油路，沥青上的裂缝，自行车道上信号红的标志，它既能是条蛇，也可以是失败的问号。我知道：两头蛇还算不得什么，是遇见它的旅人才把它变成征兆。路越陡，我的脚步越短促，以平衡梯度。远处山坡上挂着几头羊。动物显然比人更容易忍受倾斜，它们竟能在悬崖上生活。暂时状态，对于它们如此正常，就像平地对于我。山坡上处处断岩突兀，仿佛被故作偶然地抛入风景之中，背阳面遍覆苔藓。很难想象，一切均为天成，而非精心雕造。从未加工，却已万事皆备。纵使变化莫测，自然仍比上帝可信得多。然而，想到他居然把从未存在过的动物化石藏在地壳里捉弄我们，我不禁动容。为一个如此稚拙的玩笑，费了多大的周章。有一刻，我竟希望这是真的。

我渐渐出了汗，但也没有热到可以只穿卫衣走动。最难的是找到下山的节奏、把重力转化为动能。雾霭在山后散开。脚下是草原般的缓坡，再往下，鲜绿的谷地倏然展开，曾经的洋底，近得不可思议。也许，千万年来，古老的脊椎动物正在地内迷宫洞里战战兢兢，生怕甚或渴求着重见天日，虽然不怎么现实，这种可能性仍是巨大的温床。也许，龙就是远古经验的褪色映像、史前时代的残迹遗存？记忆为何不像生物一样，汲汲求存、自保、延续？毕竟，大概没什么比曾经看见的画面更荡魂摄魄。我想起传说故事里生出黑孩子或毛孩子的浅肤色的女人，因为她们怀孕时看到了毛里求斯的圣人或施洗者约翰的画像。倘若如此，世上将挤满怎样的造物？记忆的波痕能追溯多远？从某一点开始，一切都消散入雾。奥罗波若，世界之蛇，咬着自己的尾巴。

岔路口一如既往地立着黄色路标。它的姿态、它细致的说明、它的坚定无误，都让我印象深刻。有些事物的确一清二楚，毫不含糊。我脑中只有套话和谚语。怎么说的来着？只要走，就有路。直接开始吧。有多少次，一听到这句话我就浑身不安？人可以想很多，思考对感觉却没什么用。身体是一个只能用暴力掰开的拳头。把握而非孕育。那种只 - 要 - 你 - 坚 - 信。圣诞树下的彩绘纸条。对世界的祛魅终究是最大的童话。孩子的魔幻思维比任何数据、任何经验值都更强烈。数数儿歌突然成了真，石板路上的裂缝是无法言说的恐怖，谁踩上去，就彻底完蛋。面对神话，只能认输。当然，不能排除奇迹，但它也指望不了。原因和结果很容易混淆。什么是愿望，什么是意志，什么不是身体的机能？放手还是坚守？变成容器吧。放弃算计，认同某些比现存之物更伟大的东西。比如说，慈悲。比如说，谦恭。唯一的耻辱。

地形终于平缓下来。小路贴着梯田和牧场。草地上只有一头牛，角向外伸出，鼻孔粉红，皮毛湿得一缕一缕，看不见眼睛，全身都是打结的红棕毛。电流的噪音。几棵樱桃树，结痂的树皮铜绿般刺眼。当仓库后浮现出一片灰蓝闪闪的村庄屋顶，的确有惊喜之感，居点在牧场和谷地之间的半山腰上，空气稀薄，绿草青翠。小路通向街道。柏油路亮如雨后。此处空无一人。连猫都看不见。房子紧挨着，好像能在屋顶间跳来跳去。住宅与仓库、牲口圈、车库交替出现。其间是昏暗的窄巷和石质楼梯，也就有手臂一半宽，黑得仿佛能直接通向山内、通向深层的时间。

不知何处传来一阵哒哒声，接着一声闷响，隆隆滚动，随后是断断续续的呻吟。似乎来自木屋底层。门板的旧木头是银灰的。膝盖高度上有一道缝，刚好够一只眼睛。我窥视进去。里面一片漆黑。过了好一会儿才能看出点东西来。干草里不成形的一摊，表面黏滑，泛白的、脓似的一层，布满血纹。不论是什么，它还活着。脉搏紊乱，最后的呼吸，结束之始。肿瘤是良性还是恶性，手术之后才能知道。女医生的话明确无误：生理上无可指摘。生理上。身体总是对的。那摊肉在我眼前抽搐，就像手术中暴露的器官。我想到博物馆展柜里那些苍白的、常常无法定义的有机物。保存在甲醛里，分了类，大杂烩，怪异者很难与标准范本区分开来。重要的是直观，音乐和光一定要对，其他都是想象。眼睛本身愚钝不堪。那一摊又在抽搐，移动或被迫移动了一下。出现了一个满是血的囊泡。它晃动着滑到地面。那一捆开始挣扎，仿佛被绑住了。屠宰现场。一头被杀的动物。突然一张黑嘴低下来，小小的、尖尖的黄牙，伸出的舌头有节奏地舔去那层黏液，吃掉。一个蹄子，踢了踢那摊肉，直到它又动起来，渐渐成了形，躯干，张开的四肢——黑白相间的腿细长而笨拙，弯曲着举向高处，短尾巴，脑袋，平平的后脑勺，脸是全黑的。一只眼睛。这时我才注意到腥臭。脏羊毛、羊粪、凝住的血。恶心。我缩回头。感觉到膝盖麻麻的痛，几步之后才慢慢减轻。空荡荡的主街在涂得太白的教堂后，它高高的尖塔就像一根四棱刺。前面的广场上有公交站，邮筒，红色消防栓，一切都显得那么无害，就像报纸上新鲜的作案现场，坏的一面，叫“此外”，叫“全局”“世界各地”。罪行，一举成双——做和想。一人之愿，他人之怖。每条界限的存在，都是为了被跨越。

走进店铺时，小铃铛刺耳地尖叫起来。塞得满满的货架一直抵到天花板，五颜六色的商品排列得细致整洁。迷宫，几条狭窄的通道却永远只是通向收银台，再到出口。我不渴也不饿，更没有找东西的兴致。不论是否无欲无求，我的篮子反正空着。铃铛又响了。一个男人冲进来。他穿着纽扣闪亮的旧制服看了看我，好像他会被搭讪。我经过收银台，一个女人突然冒出来，是售货员。她目光空洞，仿佛在此地度过了一生，疲惫，又同时充满期待。我从未在这里见过她。我本能地抓起一份报纸，翻找着零钱，收银员对那个男人喊了一句什么。我一个词都不懂。不论怎么努力，我永远听不懂。她坐下，手放在膝上，然后我看见她右手腕内侧的纹身，白马头，额上一支淡蓝的弯角，环绕着粉色的云。我的硬币在小碟子里叮叮当当。收银员的一个问题，我操之过急的摇头，又是那种难为情，在这里不论谁对我说话，我都不懂。几只金手镯滑到纹身上，又退了回去。手和独角兽游移到收银员的脸上，手指插入染成金色的头发，理好了几缕乱发。有一瞬间，它就在眼前，凝视着我。它大大的、蓝色的漫画眼睛里闪动着一个亮点。它的目光和善、无害，却咄咄逼人。随后那头兽就消失了。在打开的抽屉里找零钱。

尽管是个征兆，一个太过清楚的警告。不应视而不见、听而不闻。我却装作麻木不仁，跑了出去，那种能杀死神经的尖利铃声又没完没了地响起，直至我又来到教堂前的广场，快步，几乎是敏捷地，走上主街，一刻不停，上了山，回去或离开，都行。心突然怦怦响，就像在追捕或逃亡。它很容易害羞,一直跳到嗓子里。继续跑下去，屈服于重力，让我感觉好一点。一步一步地，远离那支角。龙可以被打败、杀死、埋葬，它们成了化石的骨头被拼凑成骨架，在钢质束胸的帮助下陈列在博物馆里，可独角兽，这无聊、可笑、一眼就能看透的家伙，却永生、不朽、无处不在——不论是收银员的手腕上，还是巴塞尔死胡同里的珍奇屋。它光滑而闪亮地站在那，坚硬，庞大得让人眩晕。它是它自己的标本。简直就是最大的怪兽。上面写着，禁止触摸。好像我处心积虑，想去抚摸象牙,抚摸那块被自然精心炮制的磷酸钙。解百毒。神丹妙药。可我没病。无可指摘。没有绝望到会上一支角的当。毕竟我不是处女了。在它眼里也许还是吧。在林子中间，它能拿我怎么办？把头依偎在我胸上，或把角放到我怀里？反正结果都一样。处女的喜悦？哪有角，哪就有洞。处女膜也只是个要捅破的敌人。一个必须被摘下来的苹果。要是这么简单就好了。

路拐了个弯，后面的高地上突然出现了一个小居民区，深棕色的房子紧贴着教堂，四周草场环绕，在陡峭的高崖上，不到一百米远，却被一道峡谷与我隔开。深渊不远处，一垛围墙上，两匹棕马在吃草。它们相背而立，不是脑袋、而是尾巴相接，互成镜像，仿佛戴着看不见的挽具，等待一声令下。我知道这画面。从哪？两匹马，屁股对屁股。中学，历史书里的一幅插图，深褐色调的版画。努力分开的群马图，它们在鞭笞下伸长脖子，极力挣扎，嚼子上沾满口沫。挽具下的汗圈。两组各六匹、甚至八匹，马头相背。它们中间是一个球，抽空了：真空，一种不可思议的虚无，一个死空间。后面是丘陵起伏的山地全景，头顶，天空中，漂浮着两个半球，一对神的盲眼珠。没什么比虚空更可怕。每个怪物，之所以存在，只为填满它，掩盖恐怖的盲区，使之加倍不可见。腹内一阵翻腾，虚而重。没石头，无处可坐。我站住，蹲下来。内脏像攥紧的拳头。空，就是这种感觉？空有多重？可能性是巨大的温床。不可能性亦然。一辆白色的运货车隆隆驶过。我过了街，在另一侧的灌木中发现了一个幽深的开口，窄路，通道，越来越深地钻入林中，边缘的矮树仿佛垒墙。光秃秃的阔叶树，继而是冷杉的影子。地面柔软，铺满红铜色的针叶。某处传来空空的叩击。此外则是全然的阒寂。我的脚步消了音，几乎悄无声息。小路蜿蜒，漫无目的。我沿着它下到一处谷地，它又贴着山岩伸展出去，直至完全消失在多荫的高处。现在地形更加开阔，西边宽广的盆地一览无余。山坡如舞台背景般移入平原。河流在雾霭中粼粼闪烁，山谷正因之而得名。现在我也看到，不远处林中的一块秃地，树木交错而卧，仿佛落地的火柴。

高空中盘旋着黄嘴山鸦，下降、又飞起，直至冲出树线。它们身后的山坡上挂有一座半废的谷仓，遥不可及，如在画中——被雪的白勾出轮廓,远得恍若夏日。无法想象，竟会有路通去那里。需要的时候，路标去了哪？灌木边，几块石头夹在两方断岩之间，叠出了层次，几乎是段台阶，是路的方向、指示。膝盖、腹股沟、下背部疼。身体根本无法如教科书所写的那样工作。我做了什么，让它不想听话？它行它之所想。而非我之所欲。越来越陡，简直是岩羚羊的路。手脚并用总归更好。至少还能前进，我向上摸索着，爬过断石板和碎石，直到植被又多起来，一层稀疏的草皮，几乎像是牧场了。然后是房子，一座，又一座,零落在山坡上。居民区,聚居地。然后是白教堂，饮水槽。村子，我的村子！那个我几小时前出发的地方。就好像我一直都知道谜题的答案。任何绕路都是徒劳。我甚至没法真正走丢。轻松，还是失望？也许兼而有之。烟囱里升起薄烟的信号，小停车场上停着一辆红色的车。我不再是一个人。

屋子很冷，炉内无火。柴干脆点不燃。最后加进去一摞复印材料，才终于迸出火星。晚饭后疼痛仍未消失。好像有什么东西在内脏里钻孔。腿成了铅。夜里去厕所，内裤上有黑褐的血。和小腹闷胀、乳房刺痛一样，征兆明确无误。报纸躺在瓷砖地上，首版是失火森林的照片，雾蒙蒙的一片，有烧焦的树干和单薄、绿色的欧洲赤松。

终于入睡时，外面已经亮了。几小时后，我醒了。一切都在灰蒙蒙的水汽里，最初我以为是雾，后来才明白，那是高空中落下的云。我添了柴，又回到床上，翻着一本阿尔卑斯山的自然指南，直到眼前蒙眬，又打起盹。再醒来，云厚了。那么静，我一瞬以为，世界死了。这个想法没吓到我，相反：是安慰。我收拾桌上的书，在水池里洗了衣服，晾在炉子上方，煮了几只皱巴巴的土豆。晚上，开了瓶红酒，是在水池下面找到的。然后我决定，画一幅自画像，可唯一一面镜子挂在没有取暖的卫生间里，没法从支架上取下来。

几天后，我散步回家的路上，迎面走来一个男人。他小个子，皮肤光滑得像皮革。他似乎很高兴看到我，立刻对我说起话来，有点兴奋，对这种方言来说快得不正常。好像是什么重要的事情。我和他说，我什么都听不懂。他喋喋不休地重复了一遍，和之前一样快，直到我再次摇头。他的眼睛是黑褐色的，深眼窝，护在浓密的眉毛下。他看看我，然后是我的靴子，就走开了，没有任何遗憾或抱歉的动作。

夜间大雨，伴着长长的闪电。狂风撕扯着百叶窗。我睡不着，就琢磨自然指南里的照片，发现了那种装饰着我的餐桌的霓虹绿织物。它是狼地衣，对食肉脊椎动物的神经系统有剧毒。我拿起那一团干燥、绿色的东西，找到一把锹，雨中埋入房后。然后用洗涤剂洗了很久，手，胳膊，脸。最后沉沉地、精疲力竭地睡着了。

早上醒来,一只布谷鸟在叫。我跟着它的叫声跑出去。吹来温暖的下行风。山脊在浅蓝天空前的参差轮廓仿佛剪影。很难说，是天空移到山前，还是山移到云前。露珠躺在草上。林中白地融成了一个个小点。从远处就能听到潺潺的流淌。峡谷里有了水，汩汩落入深处。开始化雪了。我回去，收拾东西，吸尘，把钥匙藏在下面棚子里的柴垛后，下坡走向谷地。

地狱谷

萨切蒂别墅

亦称萨切蒂侯爵的皮涅托别墅

*　受朱利奥和马尔切洛·萨切蒂兄弟委托、建造于1628–1648年间的萨切蒂别墅是建筑大师皮埃特罗·达·科尔托纳最重要的早期作品。

†　17世纪末，宫宅已现颓势。18世纪中期，两座翼楼坍塌；建筑废墟最终于1861年被拆。

一如每位君王，这座城也有两个身体。有死之躯倒卧，仿佛被亵渎的尸体，或大理石已在炉中烧成灰的采石场。不藏化石的苍白脉岩，本就是远古之印，是一大块受伤的记忆。不死之躯却从外邦人想象的净化空间高耸而出，他们做梦般在废墟前驻足，因敬畏而目瞪口呆：一整群高贵的骄子，在画家、雕刻家和文学家的率领下侵入城中，围攻了西班牙广场四周的旅店。年复一年，北方纬度上的艺术家们从覆满尘土的邮车里走出，皮夹里装着显赫世家的推荐信、资助者的捐赠或某个学院的奖金——确定的则是一位同胞的地址，多年前的一个冬天他来到此地，留了下来。

他们崇拜废墟，就像崇拜圣髑，祈盼其复活，迷醉于消逝的、不知餍足的辉煌。总是缺了点什么。眼睛看见，大脑补充：残垣断壁变成建筑，死者的功业栩栩如生，比当年所为更雄壮、更完美。当年，罗马元老院决定，留存那千余年不倒、纪念图拉真及其胜利的多里斯柱，只要世界还在，它就完好，企图破坏者，不论是谁，都将受到最重的惩罚，那一刻，此处，在这神圣之城、历史之都，纪念物保护被发明出来，全民皆称继承者。罗马未亡，往昔未逝，只是未来已经开始。此地牵绊在一个个时代、一种种建筑风格间，它们在世界剧场的半圆里争奇斗艳，讨好着从那时起就蜂拥而来的观众：罗马的方形教堂与沉入沙中的凯旋门，中世纪三角墙与巴洛克教堂的立面，灰白的文艺复兴别墅与熏黑的金字塔——死生交错的材料构成的庞大有机体，受制于偶然与必然，还有太阳的法则。

没有栅栏隔开废墟和居民们可悲的营生，他们宠辱不惊，过着随处可见的日子：半裸的乞丐在拱廊中闲逛；鱼贩在砌死的廊门阴凉中兜售易腐的货物；妇女们在古温泉里洗着亚麻布；牧人把羊群赶进发霉的神庙，曾用于祭祀的牺牲于是在异教圣坛前吃起了草；日工把一块块多孔的黄白钙华从弗拉维安斗兽场的地下墓穴中挖出，那是野兽和不屈的基督徒骸骨的安息所。可使用的，都被拆出、运走。古建筑零件的交易蓬勃发展。废墟是纯粹的资本;并非待打捞的宝藏，而是应开采的半贵重矿物，就像阿尔巴尼亚山区的铜。

少有人关心罗马遗存的维护，却一定没有谁像威尼斯迁来的乔瓦尼·巴蒂斯塔·皮拉内西那样暴烈好斗，他会和每个欣赏他、资助他的人闹翻。所以，这个厌恶人类社会而更愿意与石头相伴的男人，居然在生命的第 33 个年头找到一位能够忍受他、并给他生出 5 个孩子的妻子，简直就是奇迹，哪怕他把她并非不可观的嫁妆全都投进了大宗的铜板货存。乖戾易怒又孤注一掷的性情让这个身材高大的男人双眼幽光闪烁，那些声称在他身边一刻钟就会虚弱的人不明白，这位眉头阴郁的暴君正忍受着怎样的痛苦：废墟对他说话，仿佛发着烧，夺走他的宁静和睡眠，它们不停召唤出画面，他认为那些景象一定要牢记，以证明所有后辈和无知者一派胡言，他们竟胆敢声称古希腊的艺术远远胜过古罗马。他像热恋中的情人，坚定地抨击无脑的当代，他在不断更新的小册子里写道，当今可悲的幼稚定会让每个知晓往昔之雄浑大美的人绝望。而皮拉内西知道它、见过它，因为，自从儿时在一位罗马历史作者的编年史中读到古典的种种，它们就占据着他的梦，那是在叔父那间被潟湖的微光照亮的小屋里，他是位工程师，致力于维修防护堤、以抵御纠缠不休的亚得里亚海。

当今就像珊瑚，总在沉积中的事物上繁殖，把那并不古老、却已装腔作势的身体磁力般推入深处，推入地球内部，向下沉入拱顶地窖和地下墓穴，向外进入城门外主路旁被湮埋的墓地，那是古罗马人驱逐亡灵的地方，因为世上再没什么比普鲁托的冥府更让他们畏惧。他们在那里造了大公墓，无数次战争教导，尸体只有烧光，才能不被敌人凌辱，此后他们便只埋葬死者的骨灰。

于是皮拉内西用斧子和火炬凿穿丛林与黄昏，点火驱赶蛇蝎，裹在黑斗篷里沐浴晨光，就像未来小说里的人物。他把锄铲挖入土层，暴露出底座和石棺，挂念着古工事和风化桥梁的墩垛，考察砖石结构的接合与柱式，研究立面和地基，破译灵骨塔的铭文，复制柱体凹槽和拱门横饰，为湮埋的猛兽笼和斗兽场、为杂草蔓生的庙宇和教堂速写平面及正视图、横断与纵剖面——用停不下来的手画出建造那些森然大物所必需的杠杆和横梁、挂钩和链索、摆锤和支架。对他而言，没有石头太沉默，没有砖墙太破碎，没有断柱太残缺，他总能从中辨认出曾让城市力量充盈的肢干和肌肉、为之给养的血脉和器官：桥桁和公路，高架渠和蓄水池，尤其是古罗马迷宫般多臂的马克西姆水下河道，被他评断为建筑艺术的巅峰，虽然、或正因其调控着最基础的需求，他鉴定说，它的伟大，超越了世界七大奇迹。

就像百年前解剖学家维萨里在手术台上切割受刑罪犯温热的尸体，他也支离着半已塌朽的建筑之躯、拆卸着在他眼中无辜毁灭的昔日帝国的残骸。

终生未造一屋的建筑师，从意味深长的废墟中设计着他梦寐以求的过去的蓝图，它也同时是全新创作的愿景，它在铜版画上迷住的人，远多于任何固着于地面的建筑。每当他在工作室里附身于抛光的冰冷金属上，目光便自由无阻地穿透沉淀和材质，把赭红的草图交给腐蚀涂料，无数点划钩折、斑驳形状和颤抖的线条，它们极少交叉，虽然在每个细处都改变着方向，好像要另辟天地。他把铜板浸入池中，每次重复都覆盖一些区域，其他地方则一滴滴沾湿，让酸液继续蚀入最精微的凹处，永远固定下他不想忘、忘不了的东西。

待轧辊释放出纸张，太阳便在版画上无情闪耀，阴影软似丝绒、黑如遗忘，灭点几近无穷，视角如梦如幻，即使俯瞰，残垣断壁依然气势磅礴。纪念碑放肆地耸立在起火的天空前，凌驾于那群身形微茫、挥舞着手臂、笨拙小丑般的小民之上。一定是巨人们建起了这座城，那些创造力正值中天的罗马独眼怪赛克洛普们。

皮拉内西的版画很快就作为古代生活的解剖图流传于世，虽然大多板子仅仅讲述了死亡。它们展现着坟室的内景、陵墓的平面图、端坐在大理石基座上的石棺或是一条从铺路石中间切开的、通往焚化场的廊道截面。皮拉内西成了祭司，他所谙熟的死亡秘仪遍袭整块大陆，每个星期都催促着新的年轻人去马峰后大师的家中朝圣，他退隐于此，以寻找他在那间被全世界骚扰的、繁华的科尔索工作室里求而不得的清静。每当那些黄毛小子哀求进入，他就大吼："皮拉内西不在家，"直到他们悻悻放弃，一眼都没瞥见偶像。

唯有一次，初夏一个异常闷热的下午，敲门怎么都不停。当皮拉内西像往常一样骂骂咧咧地扯开门，那里站着一位穿着优雅的年轻人，他半长的鬈发仔细打理过，在颈后用带子扎了起来，面部线条柔和，小小的圆眼睛闪闪放光，在一个过时的大幅鞠躬后，形状漂亮的嘴巴里传出带着文雅法国口音的话，"我的先生，冒昧打扰。我是休伯特·罗伯特。我像您一样热爱废墟。请您带上我吧，不论您去哪里。"

两年后，1760 年的一个阴郁的秋天早上，休伯特·罗伯特来到天使门前，沿一条干枯小溪的蜿蜒河道走入山谷，在它最后一个多荫的隐蔽处，如人们对他所说，破落着一座庄园的主宅。乌云密布的天空下，色彩惨淡地发出微光，他呼吸着潮湿的空气，想甩掉疲惫，那是一种已纠缠他多时的铅似的倦怠，虽然本质上与他毫不相干。

他年轻，27岁，法兰西艺术学院的奖学金获得者，一位巴黎宫廷侍从的儿子。父亲曾在凡尔赛宫服侍一位公使，六年前，他随公使之子，经巴塞尔、圣哥大和米兰来到了罗马，作为众多天资卓越者之一，画下那些不隐藏、反倒几乎傲示出时间标志的纪念碑和建筑物。这年春天他才来到那不勒斯，参观了海湾附近刚刚挖掘的墓群，见过波佐利和帕埃斯图姆，在蒂沃利画了虬枝错结的橄榄树，它在一座西比拉神庙破败的内庭里把枯干的枝桠伸向红铜色的天空。他再也不想过罗马的夏天，那发烧般的炎热一年前差点要了他的命。回来后他似乎变了。古怪的厌倦折磨着他，把他对所有古代文物的兴致连根毁掉，一种欲望袭来，他渴望寻找当今的废墟，——那座萨切蒂别墅，现在，走过在沙质大道尽头继续逶迤的小路，它终于从柏树枝后浮现出来。

他离开小路，走近院落，坐在干硬、枯黄的草中，看着。然后他开始画那半塌的庄宅，迅速而精准，就像第一冬在罗马的那些漫漫长夜、在科尔索大道上高高的学院画室里画一个意大利人结实的肌肉。他果断地把石墨笔擦过纸面，很少抬头看，几眼就对此地了然于心：野草丛生的花园沿坡扩张至三层；破败的建筑，立面宽阔、有两个弧形石翼的亭宇安立在斜面基座上，中央是高高的半圆殿，三层梯台各有一处水景：喷泉，鱼塘，柱廊后光影交错、带有多利斯壁柱的宁芙窟。楼梯裸露，直通朽脆的砖墙。顶架塌毁，栏杆破碎，殿堂上方隔成方块的拱顶布满裂隙，喷泉枯竭，由两个半鱼半人的海神守护的贝状水池干涸得露出石地。连入口上方的楣石也沉落下来，仿佛地震过后。

罗伯特画下一切，不忘为这荒凉景象补充点缀的人物：于是，纸面上出现了一个头顶平衡着水壶的少女，一个女人把婴儿紧抱入怀，另一个牵着孩子走上台阶，狗跟着看不见的足迹，井边站着一头牛和一头羊，驴子把头低向水满至缘的池子。

休伯特·罗伯特看了看他的画，卷起纸，穿过曾是入口甬道的杂草丛生的小路，走上断裂的台阶，跨过荒废在墙角的泥渣。入口已被瓦砾湮没。他从窗洞爬进去，一个并不算太大的凉爽房间，一定是曾经的沙龙。空气散发着霉味。地上堆着碎砖和朽烂的梁木，拱顶几无支撑。方格天花板的中央裂了洞，如同巨大的伤口，灰白的云层透过它微微泛光。只是在边缘，破碎的灰浆下，还能看出被真菌侵染变黑的顶画残迹，褪色场景上幽灵般的人物中，唯一能辨认的，是一个被刺穿的、瞪大双眼的脑袋——恐怖惨相，让罗伯特想起维吉尔《埃涅阿斯纪》里的一行诗：*Unum pro multis dabitur caput*。一头换多命。

他盯着那毛骨悚然的脑袋，直到一个念头突然袭来：当今无非是未来的过往。——当一阵腐败的气味钻入他的鼻子、还魂了上一个夏天的记忆，他不寒而栗，走出废墟，以少见的敏捷重回到室外，那是八月，暴雨过后，台伯河大水泛滥，一如既往地溢出河岸，无法忍受的恶臭霾罩般压住整座城，只在黄昏时分才短暂散去，与所有人一样，他利用此时散步，以从白日的酷暑中恢复生机。后来，医生，那个谨小慎微、经验丰富、尤其相信放血疗效的男人，告诉他，他一定是在某个鬼魅般清新的傍晚染上了很少有人能挺过的疟疾。他的身体状况陡转直下，加上随之而来的精神错乱，谁都——不论女房东还是他的朋友们——不相信罗伯特还能康复。在八天内第十次切开血管后，从失血昏迷中又一次醒来的他自己也认了命，相信事情已不可挽回，甚至当症状已经消失时，他还在等着他的死，至今仍惊讶于大病夺生。

他再次转过身去，观察着现在似乎已发生了变化的房子。墙垣里抽出绿芽，苔衣覆盖着大理石神像，红景天从裂缝中涌出，常春藤强韧的根死死抓住石头，野葡萄装饰着拦墙，用多臂的藤蔓缠绕着风化的漩涡花饰，它泄露着屋主，仍还展示着萨切蒂的王章，那白底上的三条黑杠。

一百多年前，朱利奥·萨切蒂被任命为红衣主教时，让人修造了这栋别墅，高高的中殿如望景楼一般雄奇壮观——亭榭在地狱谷中，那是马里奥山和梵蒂冈之间多沙的洼地，是教皇国附近尘雾蔽日、高松瘦柏遮天的深渊。他家财万贯，是罗马最富有的红衣主教——前途一片大好。他能从夏宫的卧室看到圣彼得大教堂的穹顶。他曾两次希望被选为大祭司，1655 年的秘密会议上差点就如愿以偿。可教皇，另有其人。

一年后，他最后一次站在乡宅窗边，眺望着他未能实现的梦想目标，骨瘦的手中握着装有草药、酸橙和柠檬皮的嗅囊，不断把它压在鼻子上。瘟疫在城中肆虐——又一次，却猖獗得经年难遇。街道上处处是裹着烟雾、带鸟嘴面具的生物，他们试图用没药、樟脑和旋覆花的芳香氤氲驱散疾病——并用棍棒赶走病人，那些可怜的家伙丧命得那么快，竟使他，朱利奥·萨切蒂，控制疫情的教皇顾问，无能为力，只能让人把可怜的死者埋到城墙之外——尽可能迅速，无需任何宗教仪式，抢在尸体开始腐败、散发出人人都相信会烈性传染的恶臭之前。瘴疠尤爱侵袭这座偏僻的山谷，那些在死水的浅岸和泥泞斜滩上发酵的潮湿浊溷，沉沉低垂在土层之上——散发出的腥秽气如此恶心，只能让人认为它有邪毒、致溃烂。朱利奥·萨切蒂知道，每本疾疫手册里都写着：污染的土地将永远废弃。此后，他又在城内的府邸接待起客人。修造几十年后，萨切蒂别墅无主堙废。

先是砖顶下沉，然后大理石柱在穹拱数吨的重压下弯曲变形，水很快从绽裂的砖块间成股流下，渗入梁架和弃屋，瓦解开始了。曾被年轻的建筑大师在绘图板上用直尺一笔笔量画出来的房屋构造，渐渐失去轮廓，它面目全非、支离破碎。曾被打磨雕凿、一层层堆砌成建筑的石料，变得脆碎易折，无力抵御植物生长和寒暑更迭，直至再也分不清凝灰石和砖块、大理石与山岩。唯有亭宇厚重的外墙，还能在夏月的每次暴雨倾盆后，抵挡一阵冲下山的大水，仿佛世界到了末日。

相反，在巴黎，欧洲的另一个都城，必不可缺的污秽比波旁王室更久长——那是屎和尿的刺鼻气味。特别是夜里，当排污管再次升出粪坑，整个住宅区都臭气熏天，为省去开往堆尸场的路，排泄物被倾倒进下水沟，拂晓中，浓稠的酱汁沿街道向塞纳河流去，几小时后，岸边的取水者们毫不知情地装满他们的罐子。

过早的衰弱将让他们得到救赎。神主之宫为他们每个人都准备了床，这家古老的医院坐落在迂回曲折的老城，那张床，他们要与其他四个人分享。除了孤儿，那里还住着精神病人和老人。产妇和刚动过手术的患者在尸体楼上，病人躺在垂死者之间。破屋潮湿，走廊憋闷，即使在夏日，钻入窗洞的也是永远的昏暗。孩子们发了馊，女人是腐烂的甜，男人闻起来满身冷汗，医院朽败的浊气萦绕着一切——它预告着死亡将至，与不停地抚捻衣被同样可靠无疑。1772 年 12 月 30 日也是如此，当夜，点蜡时燃着的火跳过木梁、落到枝叶繁茂的绿地上。两星期之久，医院大火熊熊。当观众们兴致勃勃地欣赏着红光冲天的壮观城景，怒焰却蔓延得越来越远、毁掉了城市中世纪的心脏。

黑色的天空前，留下被休伯特·罗伯特记录在若干素描和油画中的烧光的骨架。他八年前回到巴黎，赢得了“废墟罗伯特”的名号。废墟被渴望着。谁等不及时间完工，就制造或画出它。建筑的坍塌能吸引许多人来凑热闹，几乎就像砍头。于是，罗伯特画着古庙中祈祷的僧侣、地下河码头边的洗衣妇、圣母院桥和兑换桥上桥屋的拆除；他画马车如何从废墟上拉走瓦砾，人们怎样把残骸装上长长的平底船，日工在城市翻新的战场上寻找着可重复利用的材料、将其堆垒起来卖掉，以推动那永恒的循环。于是废墟成了工地，在罗伯特笔下不再彼此区分。甚至在他的画布上，医学院的基坑也像极文物的发掘地。他把歌剧院的大火画成火山喷发，六月夜空前的火海、火柱和烟云，以及次日清晨熏黑的建筑外壳，还有默东城堡的拆除，斐扬教堂的轰炸，巴士底狱的攻占，被毁前的黑色要塞——滔滔不绝的迷人画面：落石堆入护城河，烟云缭绕，如同古代的战利品。这幅画在说，新生，要求旧物无情毁灭。自此之后，每天都有纪念碑消失，每个星期都有骑兵雕像阵亡于熔炉。新的废墟之城，叫作巴黎。宫殿被占，堡垒夷为平地，教堂惨遭蹂躏，坟墓中挖出了国王和王后、修道院长和主教、血统最高贵的王侯的尸骨，他们的铅棺铜椁在专门设立的铸造厂被加工成子弹，遗骸被弃入匆匆挖出的坑穴、撒上生石灰，以遏止尸臭、加速腐败。罗伯特以编年史家冷眼冷心的无动于衷画下目标明确又漫无目的的毁灭全景，若有谁当时问他，支持哪一方，将会得到的答案是："艺术。"

在他的画上，亵渎百年陵冢成了家常便饭，已无法判断，某些东西是毁是存。画布未干，他就被捕了。他和许多其他贵族的宠臣一样，落入圣-拉扎尔，那座古老的、变成监狱的麻风病院。在那里他也要画，画发放牛奶，监狱庭院内的球赛，透过栅栏窗、在远方闪烁的克里希近郊和教堂，还有耸立天边的蒙马特四周的荒田——起先画在陶器和门板上，直至后来他被允许拿到画布和纸。他每日在内院锻炼，不远处，裹黑衣的女侯爵在巨大的木十字下祈天垂怜——恢复"主是主，仆为仆"的旧秩序。

1794年3月的一个傍晚，四层走廊里传来阵阵笑声。又是一席常见的全道宴，上了梭子鱼和鳟鱼、水果和酒。一只小猴子在牢房间窜来窜去。埃米尔，一个囚犯五岁的儿子，用一根绳子开开心心地遛着兔子。两位被关押的女士忘情地弹奏着羽管键琴和竖琴，乐器静下来，罗伯特就开始讲，年轻时他如何登上斗兽场、差点摔死，又如何鼓足勇气拜访皮拉内西。他怎么跟师学艺，怎么随着他一起画地下的墓穴。萨切蒂别墅的骇象，他只字未提。像往常一样，他穿着及膝的紫袍，袍下身体的胖瘦只能被隐约猜到。他的高额头上刻着两道深深的皱纹，几粒麻子点在红光焕发的脸上。黑色的浓眉已经和他稀疏的头发一样，变得灰白。虽然上了年纪，又一身肥膘，监狱里的抓人比赛他却总是能赢。连那双小眼睛也一如既往地满是欣喜。大笑时，他肉乎乎的下唇就抖起来，下巴上浮出两个小小的酒窝。他举起酒杯，愉快地宣布，他是圣拉扎尔最不倒霉的囚徒。他的快乐安如磐石，其原因在于，他将和这里的所有人一样，注定死于断头台下，然而他对此守口如瓶。——“世人皆有始与终”（Stat sua cuique dies），他一再引用维吉尔，笑着他富有感染力的大笑，让人以为他从未遭遇过不幸。尽管他的四个孩子全死了，都被疾病夺了命。他已经准备好了一切。他画过自己的坟，用废柴做了架微型斩首机，以弄明白工具的操作原理，很快它也会把他的脑袋干净利索地从躯干上切下来。每隔几天，他的牢房就会回响起阵阵鼓声，它宣告着黑马车的到来，囚犯将会被带走、送上法庭。

几个星期后，1794 年 5 月的一个寒冷、明媚的清晨，他站在集合于内庭的囚犯当中，被点了名。他明白，最后的时辰敲响了。他正要出列，却有另一个人走上前去，他被命运赐予了同一个姓氏，并将替代他被刀锋砍中。休伯特·罗伯特自由了。多年后，他才在卢森堡新街的工作室里死于中风。他倒在地上，手里拿着调色板。

罗伯特死后一年，1809 年 7 月，两位建筑师在一位医生的陪同下，开入罗马附近那座窒闷的荒谷。还没抵达目的地，马就受了惊，重鞭之下，仍然拒绝把车子拉到再也走不了的大道尽头。他们没办法，只能徒步走完最后一段路，直至站在马里奥山脚下的萨切蒂别墅面前。罗马的每位占领者都曾在那座山上扎营，包括拿破仑的军官，那是 1797 年 2 月，他下令抢夺人们认为有价值的所有艺术品，将其运往法兰西共和国、那自命的自由之国，送至全宇宙的学府巴黎。于是专员们倾巢出动，把教皇的宝库洗劫一空，剪碎拉斐尔的挂毯，锯开壁画和油画，砍断雕像的手足四肢。

父辈们曾来此惊赞，他们却来掠走被赞之物。教堂的每片金属、每块理石都被拆出、卖掉，圣人的陵墓被翻得底朝天，圣髑盒、圣体光和神龛被拍卖，连哥特人都手下留情的主祭坛被捣毁，所有贵族的权力标识全部从市容中清空：罗维雷的橡树、波吉亚的公牛、美第奇的药丸、法尔内塞的百合、巴贝里尼的蜜蜂。而萨切蒂的三条黑杠，只是在此处城外的地狱谷中才幸免于葬身怒火。

先生们走上摇摇欲坠的台阶。他们在为死者寻找一块地方，一个所有人都能安息的公墓。两位建筑师想把废墟改造成小教堂，把庄园开辟成通风良好、高墙环荫的宽阔大墓园。因为，在教皇被捕、珍奇猎物般被绑去法国后不久，奥勒利安城墙内的所有葬地均已封锁。罗马的宝贝消失了，阿波罗，拉奥孔，甚至贝维德雷的躯干，都被当作战利品，与非洲的骆驼、狮子和一头来自伯尔尼的熊，共同上了月桂叶装饰的战车，在两天的凯旋游行中，在阴沉如铅的天空下，被公牛从植物园、经万神殿、一直拉到练兵场。第一日傍晚，天放了晴，这让骄横的记者有机会评论说，太阳战胜了云，就像自由的力量战胜了暴政。

只有沉重的图拉真柱，仍伫立在素日所在之处。罗马人口几乎少了三分之一；住宅多于居民。宫殿和修道院成了破壁残垣，教堂的墓穴中散发出熟悉的、甜丝丝的朽败气息，虽然医生们在公告和演讲中一再警告腐尸的危险、迫切建议将其葬在城门之外。从现在开始，卫生法生效，取代传统的仪式。可罗马人拒绝，不愿把他们的亡人草草埋入地狱谷光秃秃的地下，他们要被安葬在石屋里，在陵墓和地穴中，靠近着圣人的尸骨，一如既往。

公墓从未开放。斗兽场长出悬钩子。集会广场上施了工。别墅在洼谷中沙化，羊在大道上吃草。松柏发出幽幽清香，很长一段时间，还将有画家再来，直至最后一点残迹也沉入地下。

曼哈顿

蓝衣男孩

又名《死亡玛瑙》

* 弗里德里希·威廉·茂瑙的电影处女座拍摄于1919年2月，拍摄地在明斯特地区的维希林水上城堡及柏林市郊。故事最重要的道具是一幅画，它模仿了托马斯·庚斯博罗的《蓝衣男孩》，原作中男孩的脸换成了茂瑙的男主角、由恩斯特·霍夫曼扮演的托马斯·凡·韦尔特。对剧情发展有不同说法，但一致的是，主人公是家族的最后一个成员，破落、孤独，与一位老仆生活在父亲的城堡里。他经常观察一位祖先的肖像，常因与之酷似而感到某种神秘的关联。他是他的转世吗？年轻的蓝衣男子胸前带有一枚不断给家族带来灾祸的著名的死亡玛瑙。为摆脱厄运，有人藏起了这枚绿宝石。一天夜里，托马斯梦见，“蓝衣男孩”从画中走出，带他去了藏宝之处。醒来后，托马斯果然在那个地方找到绿宝石，老仆苦苦哀求他扔掉，他却置之不顾。这时，一个巡游剧团来到城堡，夺走了他的一切：宝石被偷，城堡失火，肖像被毁。托马斯生了病，但幸亏一位漂亮女演员纯粹的爱和无私奉献，他活了下来。

† 这部无声电影的首映至今无法证实。因为当时的评论家无人提过它，很可能它从未被当作正片播放。人们认为它下落不明。该片 35 个短片段的硝酸胶片被染成五种不同颜色，现存于柏林的德国电影资料馆。

显然感冒了。流鼻涕。鼻塞过吗？根本想不起来。这让她很纳闷。毕竟她很在意健康。该死的舒洁纸巾又哪去了？刚刚还在这。真倒霉。没纸巾她无论如何不出门。哈，这呢，镜子下面！嗯，提包里干干净净，带上帽子和墨镜，关门，去邮局。走廊里又是什么怪味儿？哦，对了。抹肥皂的星期一早上。皇后区的清洁团一大早就来了，像群发疯的猴子擦起来大理石，天还没怎么亮，她就被硬生生吵醒。整栋楼都没人像她起得这么早。这种清洁女工的怪味至少到周三都不散。又得想想搬家了。没完没了！要哭了。至少电梯来得快。服务生也有了点礼貌。没人告诉过他在伺候谁吗？装得好像没认出来似的。没人和他讲过，该怎么和她打招呼吗？小屁孩，已经彻底学坏了。娃娃脸上不知想什么歪门邪道。起码没别人。还真觉得缺点什么。可还是慢得要死。怎么说都说十八楼。总算到了。至少门卫懂规矩，从传达室出来，给她开了门。谢啦。天！空气干净。看不见狗仔。没人注意她。肯定是新墨镜的原因。好吧。她不挑，遇到谁算谁，就那个穿灰色法兰绒西装的男人吧。他真不怎么优雅。但还是个好货。他急匆匆地往东区赶，带她挤来挤去，给她了方向、节奏。就不错了。有时他消失在人群里，但她又很快追上去。她毕竟是个有经验的行人。这是唯一她在点行的学问。其实是她唯一的乐趣，她的信仰。需要时可以放弃健美操,遛弯可不行。逛街看橱窗，到处乱走，离开计划路线。每天至少一个小时，两个更好。通常往下到华盛顿广场公园再回来，有时候也往上去 77 街。开始的时候跟踪一个陌生人比较好。后来就随便了。反正走不丢。岛的好处。

比想得冷。至少对于四月太冷了。哪怕在东岸。这座城市，要么冻死，要么热死。为什么住这，真是个谜，讨厌的漏风天，不感冒都难。一到三月，就该马上去加利福尼亚。和以前一样。三月是真好，就是三月！虽然那没什么事干，无聊得能死人。但毕竟，天气完美：空气干净，阳光充足。能整天光溜溜地到处跑。好吧，至少理论上行。该死的是，施利斯基不愿意。所以她全得自己操心：订飞机、司机、甚至住处，因为房子卖了、马布里路上的也没了。那已经待够了。她在找一件正经的毛衣，找了好几个星期。应该是开司米的。脏玫瑰色，她最爱的颜色。她喜欢的颜色:鲑鱼红，丁香紫，桃花粉。但都比不了脏玫瑰。另外她还有安排，愚蠢的约定。大部分都推了，可还是折腾。塞西尔总试图，显然他自以为，能给她建议某个时间和地点，或，更可怕的是，从她这问出来。可她哪会知道，明天或三天后饿不饿、渴不渴、有没有兴趣见他？再说她状态也不稳。她的健康向来不好。虽然她真的很小心，总是穿得够暖，从来不坐在马桶圈上。真的是：来阵风，她就能倒，不知怎么就惨兮兮着了凉。上次中招是和梅赛德斯喝茶。她只是靠着打开的窗稍稍站一下。晚上喉咙里就开始痒得要死。虽然她像往常一样穿着两件羊毛衫和羊毛裤袜上了床，第二天醒来还是病得一塌糊涂。几个星期才好一半。事实上，更容易说她什么时候没病。还有莫名其妙的该死的潮热。太可怕。她急需新内裤。去年秋天在伦敦，她的确见过及膝的淡蓝款。塞西尔写信说，莉莉怀特只有品蓝、猩红和浅黄的。但他还会去哈罗德看看。反正他保证会找到几条。现在她自己也得上上心。也许应该见他，就为内裤。

咦？灰西装怎么了？干脆跑偏，往右边漂，靠近玻璃墙。去死！他该不是要……就是，别！不会是真的吧！他径直走过去了。真就消失在广场酒店的旋转门里！她刚刚才适应他。至少是华尔道夫酒店啊！十匹马也不能把她拉进广场酒店。它的后门全城最破。这么高级的酒店竟能臭成那样。她对后门了如指掌。是啊，要是她什么事都能像后门这么了解就好了！垃圾桶，或盆子，装满臭烘烘、脏兮兮的衣服，还有泔水味的工作人员电梯。怎么这么倒霉！还没到十点，就来了第一次失望，还不算电梯里的服务生。干脆就不该指望任何人。

现在她站在这，鼻子滴着水。鼻涕淌出来。没人拦住她。多惨！没人关心她。在乎她、认出她、帮助她。所有人都匆匆走开。经过她。一个戴着手套、手指在包里乱翻的女人。该死的舒洁，就像被吞到地底下了。连军团广场的喷泉都没开。所以就结束散步，两个街区都没走完？好吧，那就干脆把鼻涕吸回去，下一轮绿灯过街，别搞什么实验了，沿第五大道走一段，去麦迪逊。灰西装是个错误。又错一回，仅此而已。再来。没什么奇怪的。她不停犯错。可怕。但不是总这样。以前不是。那时候她从不犯什么恶心的错。总是准确知道，要什么，要多少。小手可真准。不会多想。多想一点用都没有。想得多，就永远下不了决心。深思熟虑真他妈可悲，只能长皱纹。她这辈子还从没认真想过什么。根本不知道什么是斟酌。反正智商是零。什么都不懂。根本没受过教育。也没读过书。学到过什么？脑袋的姿态有不同的意思：往前低着脑袋，就是听话，往后仰相反，稍稍前倾的脑袋是支持，抬得高高的是镇定、抗拒。居然能记住，真是怪了。她从来没记住过什么。一无所知，但有种梦游似的直觉！很可靠。还是小男孩的时候，她就知道想要什么。反正以前是。现在没了，糟透的直觉。稀汤寡水。她把自己塞进那件畸形的游泳衣的时候，她那有名的直觉哪去了？眼见她往火坑里跳，在镜头前面。纯粹是自杀。顶上空气少。一往下看，就完蛋了。会怕得要死。然后就都没了。

先流鼻涕再鼻塞，还是反过来？典型的病到底他妈的怎么来？待会儿要给简打个电话问问。简明白这些事。至少她装得很懂，都一样吧。虽然她也不知道今天晚上怎么办。夜里有急事当然可以给好朋友打电话！她可是真的惨。一直在想蠢事，烧坏脑子的梦。受不了。现在清楚是什么：进行中的感冒，可今天夜里，也可能是中风、肺炎或癌。到底有没有鼻癌？大概叫别的吧。感冒，也不是不可能鼻窦炎，鼻涕流成这样。可晚上也没洗头啊。见鬼，到底为什么没洗？哦，对了，塞西尔，叽叽歪歪的老阿姨，又打来电话絮叨。就应该给他转接出去！一凑过来就立刻惩罚。娘娘腔的老男人比梅赛德斯还烦。除了抱怨就是情话。难怪她后来偏头痛。要是没接电话就洗头了。至少办完这件事。又是鼻子。真他妈晦气。总在红灯的时候。那又是什么？相机，那边，对着她。那么。的确是。后面有个女人，小丫头，真是个大奶子。她没有吧？不会是真的！现在她擤着鼻涕被拍了。光天化日之下。太可怕！什么倒霉事都躲不开。女摄影师已经走了。街上挤满人。能杀人的热闹。拿着纸条和手风琴的救世军护士，推着热狗小车的可怜虫，卖报的在他那堆分币和一大捆纸后面。人人都有事做。就她没有。她连报纸都不读。里面什么都没有。《生活》封面上那个小心肝是谁？哈，来看看吧！那个小矮子梦露，眼皮半吊着，头发金灿灿，露着肩——一半荡妇，一半瓷娃娃，但也不是没型。她还真是有两把刷子。好莱坞的话题。真厉害。终于到处都在传，这个小蹄子不错。几年前她就预言过。大炮。什么呀，炸弹。为那个被道林·格雷拧断脖子的少女，配上完美的演员。天啊！本来应该是！梦露是西比尔,她自己是道林。复出的完美角色。电影里有一个地方：梦露什么都没穿！要是这样就好了。其他都是浪费。本来就是！高大的嘉宝，被矮小的梦露毁了。表演艺术的胜利！该死的狗屎,本来就应该这样！她早就知道。是的，就是知道。只是没人懂。但那些白痴，他们从来都不懂。总拿来那些女性角色。为真爱而死，或这类悲惨的废话。那具塞纳河的尸体，傻兮兮地咧嘴笑，靠当死人面具搞出了名堂。如果是面具，那就对了。她本想演小丑，男性小丑，妆和绸裤子下面却是女人。所有崇拜他的少女都不明白，他为什么不作答。可比利也不懂。他和所有人一样是叛徒。现在所有酥皮饼都反胃上来。他竟敢一口气把她所有撤掉的默片念一遍。好像她已经被划掉，已经死了！真卑鄙。反正她无条件信任的导演只有一个，可他早就死透了。为了他，她连小夜鬼也演，小夜灯都行。他让她干啥都成。一切！可他不想。那时候她已经喜欢上了他，在伯杰那。他对她也是，晒得黑黑的，就是他的样子。刚从南太平洋回来，一如既往地又高又瘦。穷得叮当响，却带着牧羊犬住在米拉玛海滩。不可思议地骄傲，霸道得完美。从来都搞不清楚他到底什么意思。他告诉她，几个世纪以前他家从瑞典移民过来。直挺挺地杵在那，好像这就能证明什么似的。简直太迷人！后来在台球桌上，他又变得那么温柔。也难怪，两人都那么醉醺醺的。他机灵的棕色眼睛，红头发，抽动的嘴巴，总是一阵阵荡漾的声音。就是她的菜。可是不！又是结束的开始。五个星期后，他死了。和所有真正对她重要的人一样：阿尔瓦，莫耶，还有茂尔。本来可以好好地。起码他不是没兴趣。他迷男孩子也不是问题。相反：她也从来不是什么小姑娘。就像塞西尔开玩笑说的。*来吧，你可从来不是什么男孩*。后来他挖出来一张她的照片，看到了什么，一个还看不到未来的时刻。她暮色中的童年。该死的贫穷，索德尔灰色的日子。爸爸在房间角落里弯腰看报纸，妈妈在另一个角落里，补着什么衣服。总是浑浊的空气。那时她确实希望塞西尔碰碰她。尤其是：在她喊出 Nicht machen！[1] 前——用德语——别离开！施利斯基从不碰她。他的手大得像马桶盖。可悲。

时装沙龙的橱窗也有品位得多。可究竟能从哪搞到锦葵紫的地毯？这个颜色的家具她又是在哪见到的？唉，她的房子也只能继续无聊的要死。一个能看到中央公园的讨厌的窟窿。里面没有她喜欢的东西。可怕。她必须再搬一次。居无定所，逃亡的生活，旁白。永远一个人，伶伶仃仃。像鸡似的天黑就睡。很少看戏，只看电影，

1. 德语：别！

不排队的话。无事可做。据说处女座什么都搞得定。可她能做的一切，就是搬家。C'est la vie。[1] 不，生活不是这样的。她自己是。塞西尔说得对。她浪费了最好的年华。要是有谁为她而活，用他的血养她。可会是谁？今天夜里连简都不耐烦起来。都这样了！她还要算一算打过多少次电话，太过分了！十次？就算是又怎样！先是塞西尔阴阳怪气的指责，然后发现她今天再没力气洗头。然后是简的冷酷。可惜塞西尔现在这么黏，真可怜。几乎和梅赛德斯一样糟。只不过那只老乌鸦还给她带来晦气。她推荐的那个脊椎按摩师。狼医生，名字就是个坏征兆。本来只是手腕有点问题。他却把她的背和胯搞得咔咔响。整个骨架都被他错了位！之后不止胯骨脱臼，连嘴都歪了。他差点杀了她。

是不是应该喝杯咖啡？可去哪喝？在市区走得太远了。该死。怎么没早点想到！她得去保健品店！上个礼拜就应该去拿荨麻茶了。竟然忘了这么重要的事！不愧是她。她可有事做，有目标。保健品店在莱辛顿大道和57街的街角。她毕竟生病了呀。也许又是那个小小的、风趣的布吕内特。算不上大美女，但是那种感到亲切的好看。一切都会好的。多美妙的主意。她会给她一包新纸巾，也可能调一杯混合维他命。然后可以给简打电话，约她去殖民地酒店吃午饭。再给她一次机会。或者干脆自己去三冠吃北欧烩菜。这次不要无聊的蒸蔬菜，不要

1. 法语：这就是生活。

烤鸡。然后去孔雀画廊痛快地来杯威士忌，抽盒金健烟。还可以去男装裁缝那儿，给自己订做一条新裤子。是的，她甚至可以给塞西尔打电话，让他搞来一件脏玫瑰色的毛衣。他甚至有可能弄到的。他那么活跃,那么八面玲珑，有那么强烈的兴趣——对物和人。她摸不透，他到底为什么会愿意和她一起消磨时间？她最了解自己多么不可思议地无聊。毕竟她不得不一直忍受自己。哪怕受不了，也不能干脆挂掉。没法和自己分开。可惜这根本不可能。唉，她多想从自己这儿放个假。成为另外一个人。该死的拍戏就好在这儿。还有剧本，挺实用的。施利斯基不是特别有天赋的作者。不过差强人意的小货色也比什么都没有强。目前男人也不少。起码有两位数。女人不算。她们是另一码。可能就是塞西尔吧。她还是喜欢他的。还有谁能让她这么说？他只是没有一把抓住她拉到婚礼圣坛上去。是个白痴反倒在等那句愿意。他不懂，她得被强迫幸福。她需要的，就是屁股上被踢一脚！她忘了愿意怎么说。她当然想拍电影。但也要等好角色。游泳衣那场灾难之后，怨她自己。只是不太容易看出来，什么是：好角色。《魔山》里的琦琦夫人？玛丽·居里和伦琴射线？直觉没了。它完蛋了。那个殷勤的怪物施利斯基虽然能在半夜给她搞一辆车和一瓶伏特加，这些事儿他可帮不上忙。当然，他很霸道。那是他身上可爱的地方。对他的小矮个儿来说，他有双很大的手。他能用那双手把所有其他人搞得团团转。不用大声。所有人都他妈的怕他。地狱狗赛普鲁斯还是赛普洛斯的,不管叫什么。但他是个根本不知道想要什么的人。有时候他那样看着她。那双冷冷的鱼眼睛，好像她根本不存在。

那儿，自助餐厅旁边就是了。她的目标，她的灯塔，她亲爱的保健品店。很幸运。矮小的布吕内特在。她已经把茶捧在了手里。她能信得着。她弯腰的时候，白大褂可真合体。她为什么这么奇怪地看着？“天啊，嘉宝小姐，您看起来可不怎么好。”怎么会？“什么？我变得那么厉害？”她多么奇怪的看着。“不不，并没有。”她现在冷静下来，装作什么都没发生的样子。这她可没想到！上帝啊，必须立刻离开。赶紧喝茶。已经交过钱了。然后就出去。怎样一场灾难。该死。她显然看起来很糟糕。至少比平时差。她必须检查一下。可是在哪儿呀？橱窗里的镜子。该死。这算是什么？果然，她看起来简直就是可怕，恐怖。红眼睛，红鼻子，皱纹，从没有过这么多。脖子松弛。到处都是急着变成皱纹的线条。哎呀，褶子，嘴边儿的裂纹像沟一样，该死的烟。没有化妆师能打腻子抹平它们。大理石碎了。所有还在的轮廓,都会模糊掉，渐渐消失。死人面具的角色倒是应景。谁死得早，至少还有这个。茂尔的她还留着。

为了这张脸，她什么没做过？烫直发根，矫正牙齿，改变发型和发色。那些狗仔以为，这张脸属于他们，也难怪。她只需要动动睫毛，整个世界都会去解读。她的微笑，女巫般的。她的眼睛，充满预言。她的颧骨，天神一般。去他妈的。任何崇拜都是结束的开始。然后就只有僵化和牺牲。真他妈的该死。哪有女神。所有这些年，她就是个化妆的屁股。她也可以演一个好男人。英俊高大，宽肩膀，大脚大手。

可现在她知道了！根本不是游泳衣！和她一直以为的不一样，那根本就不是问题。不是泳衣，而是该死的泳帽。下巴上那条晦气的小皮绳，在皮肤上勒出了印。那时候肉就软了，有点儿松。衰老很早就开始。实际上一出生就老了。反正现在一切都晚了。去他妈的。无所谓。现在来根烟就好了。快拿这些死亡小棍来。爸爸总是说：明天就好了。然后他就死了。这十年很难。下个十年也只会可怕。她厌倦了一切。甚至厌倦了厌倦。其他人有丈夫、孩子或记忆。她什么都没有，该死的名气和糟透的钱，惩罚她在四月的星期一不需要上班，不用去市区的办公室，不用去——脏兮兮的工作室，哪都不用去。真相是，她的一生结束了。一个有过去的女人。一个没未来的女人。没有舵的船，永远孤零零。可怜的小嘉宝！没救了。不是拉车的马，而是没有主人的狗，一天天在曼哈顿闲逛，穿过城市的阴沟，它在四月就发出垃圾的恶臭。她又能去哪儿？在整个世界上，她就是一张脸。哪怕带着渔夫帽，或是裹着拖地的海狗皮大衣，也迟早会被发现。

到处是狗仔。只是时间的问题。不，结束，很好。那是她终点。从某一时刻起，输的比赢的多。她努力工作过。从来没有时间。现在有了时间，却屁事儿都没有。东河太脏，可不想在那淹死。很多女人发了疯。可惜她没有。她只是病了。也许她也早就精神错乱，只是自己不知道。甚至已经死了？谁知道，可能死了好多年。她曾经年轻过吗？记不住了。也不是新鲜事。她什么都记不住。只有那种一切都见过、经历过的感觉：成堆的邮件，聚光灯嗡嗡响，闪光灯，所有那些可怜的装腔作势。洛杉矶是场独一无二的噩梦。世界上再没有更无聊的地方。一个没有人行道的该死的城市！我的天。有多少次，她让人往北开五小时把自己送去圣芭芭拉，只是为了在那散散步，却发现还是哪都去不了，连喝茶都没地方。那里也到处是埋伏。她只想自己待着。可为什么没人关心她？她究竟为什么没有丈夫和孩子？所有她爱的人，都死了。她还欣赏的人，都老了。和她一样老。茂尔会让她怎么办。卖掉一切，永远消失。也不一定是太平洋。他回来，意味着结束。逆行的载重车，一丛灌木。其他人都没事，司机和坐在副驾驶上的小个子菲律宾人。牧羊犬干脆跑了。它可能还在山谷里乱转呢。茂尔好看的后脑勺，压得稀碎。可他躺在殡仪馆里，一点都看不出来，他穿着灰西装，高贵、傲慢的脸画得花里胡哨，就像娘娘腔的柏林老同性恋。一具干瘦的、盛装打扮的死尸，在栀子花的花圈和十字架之间。这个地方连死人都会被化成彩色片。到处都是谁也不想坐的空空的花园椅子，带着那些蜡印的彩花布垫。毕竟还有几个心腹。最后能信任的人。火葬还是土埋还是问题。到那时候还没定。要是能把钟调回去，让她怎么着都成。别错过结局，结婚，或者就拍部电影！她愿意！甚至试过镜了。在拉布里亚把台词说得漂漂亮亮，头发里鼓着机器的风。所有人都没了，不是吗？詹姆斯不是对她说过，嘉宝小姐，您仍然是世界上最美的女人？他是认真的。就在不久前。两年还是三年？差一点。又是什么？一个女公爵，爱情失意，成了修女。随他妈的便。她也是个修女。虽然和塞西尔在一起也不错。同性恋其实是更好的情人。他抓住她的头发，扯得生疼。有时候，他就是知道她需要什么。就差那么一点。所有蠢事她都玩过。张开屁股，甚至练了上臂。可，不，每次她以为，现在行了，就会有什么事发生。就像中了邪！施利斯基总是说，她和杜丝一样。她也隐居了十一年，然后重返舞台。前所未有地大获成功。现在是哪年来着？1952年，真他妈该死。现在也已经十一年了。自从全世界都看到她在游泳池里、嘲笑她，都过去该死的十一年了。现在，现在她是什么？一个什么都诱惑不了的女人。失业的演员。活着的化石。夜里的鬼，大白天在市中心乱转，找一件脏玫瑰色的开司米衫和鬼知道是什么的意义！僵尸，被活埋在这高耸着红砖楼、荒凉笔直的深渊大街里。她什么没试过！占星，通灵，甚至心理分析——在草包博士那,整个西好莱坞唯一的瑞典分析师。几周后，他告诉她，她有自恋障碍。可真厉害！一出去，公路上就挂着她的海报,比人还大。怎么能没障碍？她再没去过。反正她也不愿意把自己的灵魂切成片。塞西尔怀疑，她根本没灵魂。很可能他就是对的。很可能她真就是个坏人。是的，就是她：不懂礼貌的坏人。改不了的。他当真相信过，她能当他的妻子？无非就是个角色。最后一个。现在什么都晚了。可她是从什么时候老的？没多久吧。该死的变老是什么时候开始的？当她开始盼着春天的时候。毕竟，它以前没法打动她。以前她只念着冬天。那棵孤零零的、单薄的死树，在她圣维森特大道的公寓后面，她的冬天树。她多少次想象过，是寒冷夺走它的叶子，很快就会下雪，盖上它光秃秃的树枝。当然没下过雪。又怎么会？在该死的加利福尼亚。圣诞节后下的是雨，哗哗地尿，峡谷都满了。什么都能忘:父母，语言，国籍，但放不下小时候的气候。尽管：四月开玫瑰，橙花甜甜的香气。马布里路上潮湿的、雾蒙蒙的日子，海滩的清晨，唯一能散步的地方。所有逃离气候的尝试最后都失败了。她在哪落了脚？一座散发着甲醛、汗臭和垃圾味儿的城市。第一次来这，她还是个黄毛小子。是夏天，热得要死，出不去门。她想，她死了。晚上她合不上眼，因为院子里正在剁垃圾。就躺着，听那台轰隆隆响的地狱机器令人恶心地砸嘴，救火车的警笛，汽车喇叭，那种毁神经的噪声。她最想把自己淹死在浴缸里，可房里没有。现在呢？现在这个城市的窟窿是她唯一的家。她没死。她知道，死人不擤鼻涕，至少。不，她活着。还活着。这就是问题。所以，加利福尼亚。还是欧洲？这待不下去了。也许先从小事开始。一件接着另一件。先回家，沏茶，给简打电话，洗头。接下来也许是加利福尼亚。绕路去棕榈泉。夏天才是欧洲。尼斯应该是个漂亮的岛。

莱斯博斯岛

萨福的爱之诗

* 萨福的诗诞生于希腊古风时期，约公元前 600 年，在爱琴海东部的莱斯博斯岛上。

† 萨福死后，她的诗可能很快在莱斯博斯岛上以某种可演奏的形式被记录下来，然而，其音乐伴奏的曲谱已荡然无存。公元前 3 世纪和 2 世纪，亚历山大学者曾把她散落于不同雅典版本及文选中的作品结集出版为评注本，也许，在此之前，曲谱早已遗失。公元 1 世纪，加达拉的菲洛德穆有一句注疏表明，在他的时代，妓女们常在宴席和调情时吟唱萨福的诗。

她的作品大概在拜占庭时期消失——纯粹的忽视和针对性破坏的共同结果。12 世纪上半叶，哲学家米歇尔·伊塔利克斯还曾以某种方式提及萨福，据此推测，他熟悉她的作品。同一时期，学者约翰·策策斯却说，她的诗已经失传。有些人认为，它们在 1073 年被教皇格里高利七世焚毁，或 1204 年第四次十字军东征期间毁于君士坦丁堡的大火；另有人推测，早在公元 4 世纪她的文本已被销毁，还有其他人认为时间更早，因为此后的文法学家再未引用过她的诗。

近来对规模庞大、但残缺不全的莎草纸的评鉴将使文本剧增。

当尼布甲尼撒二世洗劫耶路撒冷、梭伦执政雅典、腓尼基水手首次环航非洲大陆、阿那克西曼德还在猜想一切存在源于某种说不清的元物质、而灵魂本质上是气状的时候，萨福写道：

他好似神，
他对你坐，
他近你身，
他听你言如蜜

你牵魂一笑
我就胸中心怯：
我凝眸一瞥，
就哑然失声。

我舌瘫成结，
我微火侵肤，
我眼不能视，
我耳中呼啸。

我汗下成瀑，
我战颤欲折，
我枯似草，

我形如尸。

万般不忍，唯当……

佛陀和孔子尚未出世，民主观念和“哲学”一词还没被想出，可厄洛斯——阿芙洛狄特的侍童——已开始了毫不留情的统治；不只是最古老、最强大的神，是症状不定、晴空劈下的病，是汹涌崩塌的自然力，是翻江倒海、甚至连根拔起橡树的风暴，是急遽扑来、无法制服的狂暴野兽，点燃压不灭的欲望，引发铺天盖地的折磨——既甜又苦、蚀骨噬心的激情。

存世的文学作品，古于萨福之诗者寥寥无几：厚如大地的吉尔伽美什史诗，最初几首空灵的梨俱吠陀赞歌，荷马源源不竭的史诗，赫西俄德枝杈阔远的神话，它说：缪斯无所不知。她们知道，曾在、现在、将在的一切。她们的父亲是宙斯，母亲是女提坦、记忆神摩涅莫辛涅。

我们一无所知。起码所知甚少。甚至不清楚，是否真有过一位荷马，不清楚，那位我们不得已而冠名为伪朗吉努斯的作者是谁，他在残缺的、关于崇高的传世文稿中引用了萨福描写厄洛斯威力的诗行，这才为后人、为我们把它们保存下来。

我们知道，萨福来自莱斯博斯，这座爱琴海东部的岛屿如此靠近小亚细亚主陆，视野晴好时人们竟以为能游过去——游到当时富不可测的吕底亚岸边，再从那里，今天的土耳其，游向今天富不可测的欧罗巴。

某处，在赫梯人沉落的帝国，一定能找到她特殊姓氏的起源，其隐蔽的意义，或是“神圣”“净洁”“纯粹的源泉”，或是——据另一种推衍——古希腊语中蓝宝石和天青石的变异。

她应出生于埃雷索斯，也可能是米蒂利尼，约在我们纪年前的 617 年左右，或许还要早 13 年或再晚 5 年。她的父亲叫斯卡曼德罗斯或斯卡曼德罗尼摩斯；但也可能是西蒙、攸梅诺斯、埃瑞吉亚斯、埃克里托斯、塞摩斯、卡蒙或埃塔科斯，这是《苏达》所记，那部滔滔不绝、但并不怎么可靠的 10 世纪拜占庭辞书。

我们知道，她有两个分别叫查拉科斯和拉里科斯的兄弟，或许还有第三位攸吕吉亚斯，她出身高贵，因为她最小的弟弟拉里科斯是米蒂利尼国宴厅的司酒官，也就是担任着一个留给贵族男孩的职位。

我们相信，她的母亲叫克莱伊丝，她的一个女儿同名，虽然这个词也可能指女奴，因为她曾在一首诗中以此称呼她心爱的少女。

萨福从未提过丈夫。《苏达》认为“安德罗斯岛的凯克拉斯”是他的名字，可那只能是古代喜剧作者的下流笑话，偏偏为她捏造出一个名为“男人岛之阳具先生”的丈夫，他们一定在以此取乐。传说她对一个叫法翁的年轻船夫怀有不幸的、甚或自我毁灭的爱情，这也定然出自那个时候,奥维德还在《女杰书简》中对此添油加醋。

我们从公元前 3 世纪的一部编年史铭文中得知，她曾乘船逃到叙拉古——具体何时，帕罗斯岛的大理石碑上并未记载。我们可以从另一处文献推断，此事发生在克连阿克梯德家族掌握岛屿命运之时，约公元前 596 年。

七八年后，待僭主庇塔库斯统治莱斯博斯时，她逃亡归来，并在米蒂利尼建立了一个圈子，我们并不知道，它算是崇拜阿芙洛狄特的神秘宗教团体，是彼此之间有色情关系的女伴酒会，还是贵族小姐们婚前的预备学校。

再没有哪个古希腊早期的女人被如此丰富、如此矛盾地讨论过。文献多么贫瘠，传说就多么五光十色，而区分二者的尝试几乎全都无望。

每个时代都创造着它自己的萨福，有些甚至杜撰出两个她以逃避叙事的矛盾：于是，她有时是女祭司——献身于阿芙洛狄特或缪斯，有时是妓女，有时是女淫棍，有时是爱到发疯的两性人，有时是仁心的教师，有时是风流的荡妇；有时无耻堕落，有时贞洁纯净。

她的同胞和同代人阿尔卡埃乌斯说她不可亵玩，紫罗兰般迷人，且甜笑如蜜，苏格拉底说她美，柏拉图说她智慧，加达拉的菲洛德莫斯称她是第十位缪斯，斯特拉波说她是珍贵的尤物，贺拉斯说她阳刚，而他究竟指什么，再也无证可循。

一份2世纪末或3世纪初的莎草纸却宣称，萨福丑陋、矮小、黝黑，是令人憎恶的女性的情人。

她的容貌曾在青铜像上广为流传；时至今日，银币还显示着她头戴月桂花冠的侧颜，一个波留克列特斯学派的水壶上画着她阅读卷轴的苗条身影，一只公元前5世纪的黑釉花瓶上有她的高挑体态，她手执八弦琴，似乎刚结束演奏，或正要开始。

我们不知道，用词首不识送气音的伊奥利亚语吟诵萨福诗行听之如何，当那种古老至极、繁复至极的古希腊方言在婚礼、盛宴或女人的圈子里响起时，弦乐器会被奏响相和，低音时弹拨福明克斯或专用于节日的基塔拉、巴尔比通或竖琴般的派克提斯，高音处则以二十弦的玛伽蒂斯或闷响的龟背琴为伴。

我们只知道，萨福死后三百年才被亚历山大学者造出的“抒情诗”（Lyrik）一词源于其中的一种乐器的里拉（Lyra）。他们为她整理出一部八卷或九卷的全集，那是莎草文卷上的几千行、按格律分类的数百首，我们只完好拥有其中一首，而它之所以还在，是因为奥古斯都时代生活在罗马的修辞学者哈利卡纳索斯的狄奥尼修斯在他的文稿《论文学布局》中将其作为可赞叹的典范完整收载。那位人称伪朗基努斯的学者至少护存下四段连贯诗节；另一首诗的五节可从三份不同的莎草纸碎片中拼合而出；

1937 年发现了第三首诗的四个诗节，它们被一个公元前 2 世纪的埃及学童随意乱写在手掌大的陶片上；第五首和第六首的片段保存在一卷中世纪早期的破损羊皮纸上；前不久分离出的莎草纸条能补充出第七首和第八首的大部分内容，它们来自存放埃及木乃伊或包书的硬板，虽然对其中一首诗的破译专家们仍各执一词。

大规模的中世纪抄士手稿流传下来的，是文法学者如阿特纳奥斯、阿波罗尼奥斯·狄斯克罗斯、哲学家如克律希波斯、词典编撰者如尤里亚斯·波勒克斯等人，为说明某种风格、特殊词汇或以她命名的格律而引用过的只言片语，——其余只是碎屑：几段零散的诗节，一两行残缺的诗句，剥离文脉的语词，孤零零的音节或字母，词首或词尾，长不及句，更遑论意义。

…

…

…我去往…

…

…若…

…

…因…

…和谐的…

…合唱，…

…声音清澈地…

…

…一切…

…

省略符在歌声消逝、语词阙如、莎草卷破碎朽烂处出场，先伶仃散现，后成双成对，很快成为一种隐隐约约的三节拍模式——静寂之声的乐谱。

这些诗歌沉默下去，成了文字，成了借取自腓尼基语的希腊字符：深暗的大写字母——被学童笨拙的手刻入黏土，或被孜孜不倦的专业人士用羽毛管转录到木质禾本植物的草浆里；纤细的小写字母——写在被浮石磨光、被石灰漂白的小绵羊或死产山羊的皮上：莎草纸和羊皮纸，——一旦暴露于天日之下，就会在某一时刻像所有死尸那样分解的有机材料。

…

…并不…

…渴求…

…突然…

…花朵…

…渴求…

…喜悦…

这些残诗仿佛表格，渴望着填充——被阐释和想象——或那些散落在奥克西林库斯垃圾山中其他莎草残迹的破译，那是埃及法雍绿洲上的亡城，它把这些石头般坚硬、被蠹虫蚀蛀、因多次卷折而脆裂、皴皱、撕破的碎片保存在数米深的干沙层里几近千年。

我们知道，密密麻麻写在莎草纸卷上的一列列文字没有间隙、标点或线格，即便是保存完好的段落仍难以识读。卜筮——那种在古代神谕艺术中通过观察鸟的迁徙和释梦而预言未来的天赋，在今天的莎草纸学里则另有所指，它被用来命名读出一行文字的能力——在隐约只有古希腊字母的吉光片羽上。

我们知道，碎片是浪漫的无限承诺，是依然有力的现代理想，素来无任何文学体裁如诗艺这般，与意味深长的空缺、与滋养着投影的留白息息相关。省略符恍似与语词长合的幻肢，宣告着一种失却的美满。萨福完好无损的诗会让我们感到陌异，就像涂满刺目色彩的古代雕塑。

流传下来的诗歌和片段，不论多么短促，多么零乱残缺，总计不足 600 行。计算表明，萨福的作品约有 7% 留存至今。计算还表明，女性中约有 7% 只被、或主要被女性吸引。可没有计算能够证明，此中是否存在关联。

符号史熟悉几种未知和不定、缺席和缺失、空白和虚无的代表：古巴比伦谷物清单上的零，代数方程中的字母 X，话语戛然而止时的破折号。

…　　　　…　　　　…

牧人　　　欲望　　　汗水

…　　　　…　　　　…

…玫瑰…

…

我们知道，顿绝，话语的中断，是一种修辞格，伪朗吉努斯那部关于崇高的文稿也一定有过相关论述，这部分内容却因图书馆理员和装订者的疏忽遗失。谁被情感击溃，语言因其纯然的宏大而失灵，谁就会停止说话，就会开始支吾吞吐，甚至暗哑失声。感觉无法转化为语言，亦不会投降于可用的词句，省略号则把每篇文本开向这浩瀚不定的觉知帝国。

…我的爱…

我们知道，艾米丽·狄金森写给她的女友及日后的嫂子苏珊·吉尔伯特的信，曾被她的侄女、吉尔伯特的女儿玛莎删节，为出版之故她天衣无缝地清理了一系列激情段落。在这些被审查的文段中，1852年6月11日的一句是：若你在此——哦，若你在此，我的苏西，我们就不用说什么话，我们的眼睛会为我们轻声耳语，有你的手紧紧在我手中，我们就再也不需要言语。

一如不可测的情感滔滔不绝的誓信，无言、盲目的理解，也是爱情诗固定的话题。

萨福的句子，但凡可读，就明确清澈，正是句子应有的模样。它们又同时慎思、澎湃，以每经一次翻译才能苏醒复活的消亡语言讲述着天穹的力量，纵然过了二十六个世纪，其惊世骇俗依然毫发无损：那急遽、美妙又残酷的转变，让一个人成了欲望的客体，让他无法抵抗，让他不惜离开父母、配偶甚至孩子。

厄洛斯再次震摇我，那肢体的溶化者，
苦而甜，无法制服的爬行兽。

我们知道，按主角属于同性还是异性来划分欲望的观念，对于古希腊人来说很是陌生。关键的反而是，参与者在性行为中的性别角色是否符合其社会角色，成年男性主动，相反，孩子、未成年人和女性举止被动。行为中掌控和顺服的分野不在于性别，而在于进攻及占有者与被进攻及被占有者之别。

在存留的萨福抒情诗中，男子无名而现，具名者是众多女子：阿班缇斯，阿加丽斯，安娜格拉，安娜克托莉卡，阿尔夏娜萨，阿丽格诺塔，阿缇斯，狄卡，多莉夏，艾拉娜，尤内卡，贡吉拉，格尔戈，吉瑞娜，克莱伊斯，克利安缇斯，麦加拉，米卡，姆娜西斯，姆娜西狄卡，普莱斯托蒂卡，特蕾西帕。她们是萨福歌唱的人，以倾心柔情或熊熊欲火，以焦灼的妒意或冰冷的轻蔑。

> 我说，有人会想起我们，
> 即使在遥远的时空。

我们相信，萨福曾是一位女教师，虽然第一份认定她如此身份的文献是一块公元 2 世纪的莎草纸碎片，它在她死后 700 年记述说，她曾为爱奥尼亚和吕底亚出身最好的少女授课。

在萨福留存下来的抒情诗中，找不到任何能推测出教育背景的线索，虽然诸残篇描写了一个女子们来来去去、常常述说离别的世界。它似乎是过渡场。希腊的少年之爱有案可稽，很容易想到，把萨福诗中的世界解读为其女性的对应物。这种读法亦有优势，可把诗中无法否认的女女情爱的存在归入课程为那个真正的、公认的顶点所做的准备：婚姻。

我们不知道，汉娜·怀特和安妮·盖斯吉尔的关系是何种性质，她们在 1707 年 9 月 4 日缔结的婚姻被不加任何解释地记录在英国西北部塔克萨尔教区的登记簿中。可我们知道，基督教缔结婚姻时的常用辞令出自旧约，那是守寡的鲁特对婆婆拿俄米说：你往哪里去，我也往那里去。

我们还知道，1891年，一家苏格兰女子寄宿学校的两位主管——如一位女学生宣称——相互犯下不得体的罪行，诉讼过程中，她们引用了琉善的《妓女对话》，才使得女性之间的性爱终于有可能浮出水面。书中，妓女科罗娜里翁向基塔拉琴师雷阿伊娜询问她与一位莱斯博斯富家女的性经验，特别是催促她透露，具体怎样做，用什么方法。雷阿伊娜回应说：别指望从我这里得到细节！那是不可说之事。向阿芙洛狄忒起誓，我不会对你讲一个字。

这一章在此结束，问题没有得到回答，女人之间做了什么，既未说，也不可说。不论如何，两位女教师被无罪释放，因为法官得出的结论是，指责她们的罪根本不可能：没有工具，就没有行为，没有武器，就不会造孽。

在很长时间里，女人之间只有模仿男女媾和才算作性、才会被惩罚。阳具标志着性行为，缺少它，则不过是尚无符号强调的空白，盲点、缺口，一个应被填满的窟窿，就像女性的生殖器。

在这空白之上久久阴魂不散的幻象是从1世纪到19世纪流窜在男性文本中的“特里巴德”，这个行为男性化的女人借助怪物般膨胀的阴蒂或类似阴茎的工具与其他女人交媾。据我们所知，从未有任何一个女人自称为特里巴德。

我们知道，词句如同符号，意义会发生变化。很久以来，书写线下方三个连贯的点一直标识着遗失和不明，不知何时起它们也意味着未曾说和不可说，不仅是去—和无—，也是开放的留白。于是这三点变成了符号，它要求把暗示思考到底，敦促着人们想象阙如，它代表未曾明言、秘而不宣，它代表伤风败俗，代表归罪和臆测，代表着省略的一个特殊变种：本真。

我们也知道，省略的古代标志是星号——直至中世纪那颗小星星才担任起连接文本标记处与相关批注的职能。所以圣依西多禄在他成书于公元7世纪的《词源》中写道：星号——作为字体排印中文本缺漏的标记——被插入某物省略之处，以便让缺席者通过这个符号醒目起来。今天使用这个星号，有时是为囊括尽可能多的人及其性别身份。从省略变为参与，从缺席变为在场，从空白变为意义的填充。

我们还知道，动词 lesbiazein，“像莱斯博斯的女人那样做”，在古代是“亵渎”或“诋毁某人”的一个词，它意指口交，因为人们认为，是莱斯博斯岛上的女人发明了这种性技巧。鹿特丹的伊拉斯谟在他的古语大全中把这个希腊单词译为拉丁语的 fellare，“吮吸”，并在结束该词条时批注：概念虽然犹在，但我认为，此种行为已被彻底根除。

不久后，16世纪末，布朗通领主皮埃尔·德·布尔代耶在他的色情小说《风流女士的一生》中提及：据说，在这门手艺上，莱斯博斯的萨福是很好的老师；甚至有人说，是她发明了此道，并将其沿传至今。此后，空白不仅有了地理上的来处，也有了语言的故乡，虽然直到近代，莱斯博斯之爱仍然常常用于表达女性对年轻男子的徒劳爱慕。

我们知道，1904 年暮夏，两位年轻的女诗人娜塔莉·格里芙德·巴妮和勒妮·薇薇安实现了久违之梦，她们同游莱斯博斯岛，却大失所望。终于抵达米蒂利尼港口时，一部留声机尖叫起刺耳的法国香颂。女诗人曾在自己的诗中反复吟咏此地，可不论岛上居民的形象、还是他们方言的粗俗，都与她们崇高的想象相去甚远。即便如此，她们还是在橄榄林里租下两座相邻的房子，在月光和日光中长长地散步，让她们经年冷却的爱复活，并计划在岛上建立一所诗和爱的女子同性恋学校。

当第三个女人宣布来访时，伊甸园的静好结束了，——善妒而占有欲强烈的女伯爵与薇薇安暧昧不清，却只需一封电报就能被拦下脚步。巴妮和薇薇安分了手。返回巴黎，两人共同的古希腊语老师继续充当着她们秘密信件的传递者。

我们知道，2009 年，莱博斯岛上的两位女居民和一位男居民试图实施禁令而未果，她们想禁止并非来自岛屿的女人自称或被其他人称作蕾丝：我们抗议家乡的名字被那些特殊的人滥用。

审理此事的法官驳回提案，下令三个莱斯博斯人承担法庭费用。

谁还熟悉亚里士多德在《尼各马可伦理学》中陈述的莱斯博斯原则？对于那些一般律法不适用于具体情况的案例，建议参考莱斯博斯的建筑师，他们使用的铅尺能适应石头的形状。在具体情况中有一种弯曲但有效的尺度，要好于追求平直却无用的理想。

谁还熟悉萨福体的诗节，那种四行的颂诗格律前三行相同，由十一音节构成，插入扬抑格间的扬抑抑格位于第三位，最后是一行阿多尼斯韵脚，这使得行首无一弱音而铿锵有力，行末则阴柔婉约，此韵律典型的庄重肃穆于是最终在宁静甚或欢愉中弥散开来。

在神学家、法学学者及医学家的手册里，“特里巴德”“萨福主义”或“莱斯博斯主义”很久都被用作大致相仿的同义词，虽然它们有时意味着反自然的性行为或有伤风化的习俗，有时又成了异常肥大或心理疾病。

我们并不清楚，“莱斯博斯之爱”的说法为何经久不败，我们只知道，这个词及其相关的秩序，与所有过往之物一样，晦暗不明。

L 是舌尖音，e 是随后发出的元音，s 是种嘶嘶作响的警告声，b 是冲开闭唇的爆破音……

在德语词典中，“莱斯博斯”紧跟在“可读”之后。

贝伦霍夫

冯·贝尔宫

* 古老的冯·贝尔家族因其纹章形态亦被称作“天鹅颈之家”，该家族的古茨科系自14世纪起就在波莫瑞的格赖夫斯瓦尔德附近拥有布斯多夫的大部分土地。

1804年，此地在瑞典－波莫瑞政府的批准之下更名为“贝伦霍夫”的施特拉尔松。经遗产信托，骑兵上尉约翰·卡尔·乌尔里希·冯·贝尔把他的农庄转移给了孙子卡尔·菲利克斯·戈奥格，并规定永远采取长子继承制。

后者在庄园后方修造了两层楼高的新主宅，这座新古典主义风格的建筑由辛克尔－舒勒斯·弗里德里希·黑茨希设计，于1838年完工。1896年，此处被1877年晋升为普鲁士伯爵的卡尔·菲利克斯·沃尔德玛扩建，两侧的单层门廊被拓宽并加建了新楼层。

最后一位伯爵、帝国地方长官、德意志国国会常任议员卡尔·弗里德里希·菲利克斯·冯·贝尔的遗孀梅希蒂尔德·冯·贝尔伯爵夫人，于1936至1939年间，在认信会主宅中举办讲座。神学家迪特里希·朋霍费尔应是当年的常客。

† 1945 年 5 月 8 日，主宅失火。当地居民利用烧毁建筑的砖瓦建造了新农舍。

今天，方圆 9 公顷、由皮特 · 约瑟夫 · 勒内设计、修建于 1840 到 1860 年间的风景园得到了文物保护。

我还记得那扇打开的窗。夜里，空气凉爽。一扇开在夏夜的窗。天上没有月亮。只有路灯弥散的光。有泥土的气息。也许下过雨。我不知道。

妈妈说，是 7 月 31 日。她很确定，因为克尔斯汀阿姨 7 月 31 日过生日，那天傍晚她也庆祝过，在对面长工的老房子里。妈妈还说，肯定没下雨。晴朗的一天。全天太阳，就是七月。

天气记录也说那天很热，毕竟是极其干燥的暖夏。

1984 年夏天。是我的第一个记忆，我知道，我以为，我宣称。我可以给克尔斯汀阿姨打电话。她还活着。妈妈和我的两个爸爸也是。一个生了我，一个会在后来那个夜里冰敷我的腿、为它们缠上纱布。

我在葱茏小山间的墓园里玩。我藏在大石块和墓碑后，和蓝白闪烁的小花一起蹲在植物之间。一个因驼背走路而变矮的老太太把枯花和干花环扔进堆肥。她在生锈的水龙头下放了一只铁皮水壶，从黄杨树篱后消失了。

我弯下腰，手指划过光滑的石头，摸着那些凿刻字母的粗糙凹陷，等待着不可能的事情。我等待着被发现。我希望。我害怕。

整个童年我们都在乡下，典型的农庄仔细藏起它们更辉煌的过去。那时候也住在村子里，离当地唯一的公交站仅几步之遥，紧挨没有钟楼、野石圣坛高耸的教堂，那是司事的老房子,在上面一层。我们的院子就在坟场旁。甚至没有篱笆隔开两边的堆肥。记忆里，我总是一个人。自己在墓地，自己在围着红色高墙的果园里，自己在石头堆上，妈妈说，我每天都从上面一次次跳下来。

可没人来。奇迹，一如既往地，并未发生。于是我在小小的苗圃里摘几朵花，拔出地里的三色堇，从尖尖的、插入土中的塑料花瓶里抽出一支支郁金香。

我有所预感，却一无所知。至少不知道，花属于缺席者，属于装入木盒、烂在地下的死人。当我把花束带回家，妈妈骂了我，但什么都没解释。

我还不了解死。人会死，有一天我自己也会死，这超出了我的想象力。后来，当表哥对我透露这个秘密时，我根本不信。我确定，他像往常一样，只是偶然听错。他咧开嘴笑了。他确定他说的事。

我晕了头。穿过我们现在住的新房子，跑去厨房问妈妈，是不是真的，人到底会不会死，是不是我们所有人都将在某一天死去，我也一样。她点点头，说是，耸了耸肩。我看向垃圾桶，不知为何，我想象死人会掉进里面，成为皱巴巴的东西，被垃圾车运走。虽然没人说话，我还是堵住耳朵，跑进了走廊。黄光透过波纹玻璃窗，落到楼梯间落满尘土的绿色植物上。

我闭着眼睛，在邻村年市的鬼屋车里。凉风吹过我的皮肤。能听到啪嗒啪嗒的声响，车子在摇晃、滚动，尖叫。我感觉到眼睑的皮肤，仍死死闭着眼，有一刻屏住了呼吸，我哼歌，等待。简直是永远。

不知过了多久，有人拍了拍我。妈妈的声音说：完了。我睁开眼。我们又在外面了。我一直闭着眼睛，我骄傲地说。我骗过了它。我赢了害怕。可惜了钱,妈妈说，把我从车里抱出来。

我在公园里的苹果树间玩。我摘了许多小黄花，用蒲公英汁染指甲。在堆肥前发现了一个有刺的球。它呼吸。它活着。

妈妈把一小碟牛奶放在球前面，它变成了神奇的动物。我们蹲下去。圆圆的乌黑的眼睛盯着我。我感到妈妈的手摸着我的头。尖尖的鼻子在找牛奶。粉色的小舌头一闪一闪。动物呼噜呼噜地咂吧嘴。它的刺晃来晃去。

我对生活满意。我没什么期待。妈妈在期待一个小孩。但我不记得隆起的肚子,或是抚摸那弧线的男人的手。日期表明，她一定怀着孕。照片显示，她正在怀孕。那个七月之夜并不会凉爽，我的弟弟应该在一个月后来到世界上，我的外婆，接过医院的电话后，穿着暗蓝的晨衣站在卧室门口，第一次说出了他的名字。

我坐在外婆的床上，听着那个对我没有任何意义的名字,又玩起了口红,那是一堆不可思议的闪亮的小圆筒,外婆把它们藏在床头上方的扁盒里。

卧室开着窗，可房门关了，紧锁着，钥匙没挂在钥匙板上，也没放在餐桌上。我醒了，爬下带栏杆的儿童床。打开卧室门,把房子看了个遍。所有房间都黑漆漆的,所有其他窗子都关着:客厅半圆的老虎窗，厨房的天舱口,无窗小屋乌黑的窟窿，我的爸爸在那里搞了个小作坊。

再没房间了。浴室在楼下的底层。我们和顶楼的薇欧拉阿姨共用。我们共用厕所、咕咕响的快热炉、四脚浴缸和挂在前面的篾席。薇欧拉阿姨在学校食堂工作，那是以前的马厩，公园北端的一栋黄砖房，入口上方左右两侧有石刻的马头。在过去马吃草的地方，我们现在吃每天的午饭。我们排长长的队，幼儿园的小孩，学校的学生，老师，和半个村子。薇欧拉阿姨有染成金色的头发，画成紫罗兰的眼睛，和一个当货车司机的丈夫，他星期六回来，星期日又离开，一个看不见脸的大高个。学校在公园后，两栋新楼，有着一排排长长的窗。我的父母在那教书，还有克尔斯汀阿姨。公园很大，属于已经没有了的宫殿。克尔斯汀阿姨和薇欧拉阿姨都不是真阿姨。只是这么叫。

宫殿也不是真宫殿。是主宅，延伸很远的两层楼，农庄的中心，旁边有一个马厩、一个羊圈和一个牛棚，还有事务房和两座仓库。石雕熊的大门后一条菩提树大道紧接着乡路，它穿过禁止村民入内的北园、直接通往主宅。我的幼儿园所在之处，曾经一定是气派的上坡，敞开的大门前是绿油油的圆形花坛，它同时也是车道入口，上方高悬着八根柱子支撑的露台，窗子在三角山墙下，立面爬满了野葡萄。

窗子开着，可房门关了，锁前闩了插销。我伸出手臂，抓住门把手，往下拽——可门仍然锁着。

我记得客厅里装有组合立柜的高墙，安安静静放在炉角的玩具，摇椅好像突然定住，一个超大尺寸的清空的娃娃屋。只有卧室开着窗，外面空气凉凉的。

教堂就在正中，可所有人都从它旁边走过。谁都不关心红砖墙里面，谁都不去看坟冢和十字。只有几个驼背的老妇人，穿过吱嘎作响的大门，向公墓走去。我们紧挨着教堂住。但它毫无意义。用雕凿的花岗岩和粗石修造的高大建筑没有意义，斜对面的牧师房没有意义，平地上的木钟架没有意义，礼拜日的钟声没有意义，教堂院子里歪歪扭扭的锈十字没有意义，锻铁门后伯爵们风化的陵墓、蕨类植物中的十字、半浮雕里的石刻天使也没有，它们在没人坐的破长椅上方飞，还有写着箴言的板子，虽然有一次妈妈给我读了上面的话，我还是不明白：*爱无休止*。那是过去的残迹，而过去，似乎已永无出头日。

村子得名于一个古老的贵族世家，是古茨科伯爵及波莫瑞公爵的封地——一封古老的采邑受封书上写，他们是*英勇、亲爱、忠诚的骑士*。

那是童话的词句。写在挤巴巴的竖栏里，家谱树的枝桠从这里远远分叉出去。冯 · 贝尔家族，他们是乡绅和膳务总管，宫廷侍从和行政官，修士长和教授，县、市议员，学监和司令，贵族教师和骑兵指挥官，宫廷和皇家侍童，士兵、元帅、少校、上尉、中尉——在波兰战争中，在地方民兵里，在瑞典禁卫军、丹麦或法国的军队中。有方济会修女和女修道院院长，有船长的妻子，甚至女诗人，重要的是，他们是此地的拥有者，他们的采邑，他们的家业，谷苗、动产和牲畜统统在内。这块贵族地产不能继承，而是直接落回古老的主脉，长子比后出世的弟弟重要得多，女儿们则几乎什么都不是。他们有货物，要变卖和交换、抵押和购入，要为之缴税或借贷。他们有时签署采邑书，把印章敲在厚厚的纸上，黏糊糊的一团，红得像公牛的血：一头跳舞的熊在两只天鹅间。

我母亲的祖先是农场主，牲口或木柴贩子，运货商和屠夫，一个守林人，一个扳道工，一个水手。我生父的祖先是磨坊工和裁缝、车匠和木工，一个步兵，几个医生，一位女缝工，一位渔夫，一位火车乘务员，一位化学家，一个建筑师，一位工厂主，一位战后成了墓园花匠的军火商。

我们在这个村子里只住了一年，但那是我记得的第一年。妈妈说，我们院落紧邻的，不是墓地，而是公园。她补充说，那还有一段残墙。

有些人说，宫殿是战后炸毁的，另一些说，战争结束前它就烧光了，连同所有财产：迎宾大厅中华丽的枝状吊灯，两个沙龙的水晶玻璃门，昏暗的家具、书、银餐具和瓷器，金镜子，古地图，还有祖先画廊里巨大的肖像，先生们目光严肃、骑着高头大马。

我们没有古物，没有遗产。只有我们住的老房子。每晚都听得见屋架上的鼬。我的父母在等天鹅湖后面的板式楼。三房，中央供暖，还有一个能流出热水的浴室。他们在排队。时间很紧。小孩很快就会来。

老房子常常很脆，一夜之间倒掉也不奇怪，就像去年秋天的供销社。屋顶直接塌下来。早上费了好大劲儿才撞开门。我还记得聚集在前面的人群，售货员和顾客们，穿花罩衫的女人提着购物网兜，男人赶来，从废墟里刨出瓶瓶罐罐。他们把满是尘土的货物装入推车，把罐头、面粉袋和牛奶车送来的瓶子堆进我们楼左前方鼓出来的阴暗、霉臭的房间。甩卖开始了。整天亮着灯。我们在楼上的房子里都能听到钱箱的叮叮当当。

我穿着无袖的麻纱连体衣，带橙色的小花图案。松紧带箍在腰上。我记得那扇打开的窗，温吞吞的空气，因为不凉爽，不可能凉爽，连一丝新鲜的风都吹不进，因为是七月，克尔斯汀阿姨过生日，薇欧拉阿姨为什么没来看我，我不知道。我三岁半了，几乎四岁。四个手指伸出来，几乎就是整只手。

我不记得有一摞砖，不记得院子里有一堆石头，不记得我每天爬上去，越爬越高，再一次次跳下来。我只看到那扇打开的窗。窗台到我胸口。我想爬上去，可太高了。我后退了几步，想：尤迪特，你不傻，然后说：尤迪特，你不傻。我一遍遍重复这句话，先是悄悄对自己，然后大声说了出来。这句话把我带到厨房。我抓住餐椅，在地砖上推它。吱吱声很响。我把它拖过门槛，生拉硬扯地从客厅的橙色地毯上拽过去，经过父母的大床，一直到了那扇打开的窗边。我想起童话里那个淘气的小海沃尔曼，可我的睡衣不是帆，我的栏杆床没有轮。它整晚都在炉边。我透过栏杆往外看。我站在窗腰边。我是海沃尔曼，总用妈妈的声音问我有完没完的月亮，却消失在一朵云的后面。云边闪着光。我谁也拦不住。我爬到椅子上，脚上穿着居家鞋。是深蓝色灯芯绒做的。我爬上窗台，蹲下去。鞋尖朝外面。我不等。我什么都不等。不看路灯。不看苹果树。只是下面。石铺路。灌木丛。

妈妈从医院回来，没有小孩，在新的村子乘了火车，那不只有公交站，还有火车站。她经过教堂，仙鹤在上面喂它们的宝宝，她经过供销社，那座新楼前的水泥广场上有自行车的停车架。围裙们早就站在那里。看着她的方向窃窃私语：贝伦霍夫的女教师，现在住在新房里。她们相互眨眼睛，问孩子是不是死胎。她们用普通话和土话问：他一下生就没了？

一个老妇人找到我。她拄着拐棍，弯下腰问：你在干什么傻事，孩子？

妈妈回了家，没有小孩。她根本没回家，因为我住在外婆家里的那个星期，我的父母搬进了邻村的新房，七千米外，远得没边。千米是最大的单位，和年一样无法想象。我三岁半，几乎四岁，我知道，只是因为，在我四岁生日前不久，我的弟弟看到了世界的光——其实是格赖夫斯瓦尔德妇产科医院的日光灯——随后就是治皮肤黄疸的紫外灯。房子有浴室，但没有中央供暖。地下室还有前租客的煤。还有很多。

脐带像蛇一样缠在小孩的脖子上，推迟、阻挠他来到这个世界，最后那么危险，手和嘴唇都已经发青的婴儿，活着生下来简直就是奇迹。

我还记得一个噩梦，我在水下，沉得越来越深，头顶是一层冰。我记得一部电视卡通片，有个女人跳进空空的游泳池，像娃娃似的，把四肢摔得粉碎。那个画面至今仍让我不寒而栗。

我不知道，死是什么感觉。我问了新幼儿园的保育员，她是个有好多卷发的高大的女人。

她摇摇头。说，我不知道。我还没死。

我想知道，地里的死人怎么了。烂了。这个词，我不懂。

就像皱巴巴的苹果，迟早会长出虫子和蛆，被它们吃光。她解释说。

我不得不想到厨房里的垃圾桶，这时她又说：你根本感觉不到。你已经死了呀。

邪恶是，热牛奶上的皮，冻住的村子池塘上薄薄的冰层，院子里十几条黑闪闪的蛞蝓。死亡是穿着花围裙的老妇人。命运女神们戴头巾，走路拄拐，说土话。她们询问生下来就死去的小孩，询问傻事，耙平她们早死的丈夫的坟。

冯·贝尔家的人曾是*英勇、亲爱、忠诚的骑士*。有些人说，他们的宫殿烧光了。另一些人说，它是炸毁的。俄国人来了，老伯爵夫人逃跑，于是村民们亲自抢空它，然后点了火，这是一个老妇人说的，她一定知道。她也拿了能拿走的东西：迎宾大厅中华丽的枝状吊灯，两个沙龙的水晶玻璃门，昏暗的家具、书、银餐具和瓷器、金镜子、古地图，还有祖先画廊里巨大的肖像，先生们目光严肃、骑着高头大马，带有伯爵纹章的银烟盒：灰牌上是一头站立的黑熊，前掌抬起好像在敬礼，牌子的头盔上有两只曲颈相背的天鹅。

我落在荨麻丛里。脚上还套着居家鞋,腿上一阵抽痛。麻木。荨麻火辣辣地烧着。路灯灯光里，有一个驼背的老妇人的轮廓。水泥路面闪着光。下雨了。

不久前我读到，有人居住的地方，荨麻无处不在，墙壁上，垃圾堆里。一如所有长针刺的植物，它们自古就被认为能驱魔。老普林尼写道，如果挖荨麻的时候叫出病童的名字，再补充说他是谁的孩子，荨麻根就能治疗小儿的玫瑰疹。

我不知道，我是谁的孩子。

是卧室刺眼的灯光，光滑漆面下有木纹的柜子。我仰面躺着，像甲虫一样把腿伸向高处。是我的父母，比平时更高大。他们不看我，只盯着我缠了纱布的腿。腿很痛，脚是木的。他们的脸是有发型的亮斑。

什么都没断。X 光片毫无疑问地证明了这一点。没人说这是奇迹。妈妈没说，县城的医生也没说。护士为扭伤的脚踝缠了锌糊绷带。在我的接种证明书上敲了章，它的第一页贴了三条胶带。上面用粗体的大写字母写着我的名字和铁道边村里的新地址，是妈妈的笔迹，清晰易读的教师体。

什么都没断。可我好多个星期都不能正常走路。我一瘸一拐，张开双臂。妈妈抱起我。我叉开腿，环住她的腰，后面的肚子里是尚未出生的孩子。

后来，我的父母常常说起，我这一跳给他们带来多少麻烦。但只字不提运气或奇迹，因为在那个时代、在那个国家，不存在奇迹。

我不知道什么上帝或天使。第一次在彩画上看到时，我已经上学了。彩画在一个老妇人床上方的玻璃后，她的床短得不可思议。那是上个时代的遗迹，和所有长工房一样昏暗，有山墙和粗石基座，遥远得像另一个世界，月光清澈的夜色中，孩子们被一个长发、仙鹤翅膀的男人领过吊桥，他们穿着五彩衣服，脸蛋发光，金色鬈发，眼睛亮晶晶。

吃晚饭的时候，我盯着看了妈妈很久。她真的是我的妈妈吗？难道不可能，她只是宣称生下我，像她一再强调的，疼了好几天？不是也很可能，她只不过在某个地方找到了我、带回来，甚至是从我原本的、真正的妈妈那里抱走了我，而她还在某个地方等着我，和小汉斯的儿歌里一样绝望？

我看着她给我抹面包，切成小块，放在我的小餐板上。我观察她棕色的眼睛，她隐藏着什么心事的嘴巴。我跑进浴室，站到两面镜子之间，看着无限复制的画面，寻找相似之处。

有一个谜，可我连问题或提问都不懂。问题是一扇打开的窗。答案是一扇打开的窗。从四米的高处跳下。

几年后，我在外婆家中病倒。是假期。客厅没有暖气。我发着烧,浑身疼。他们叫了医生。一个高大的男人，把他苍白的手放在我的脖子上，用悠长、坚定的目光打量着我。他声音柔和。眼睛那么深，好像有人把它们推回眼窝，从里面看出来也因此更加迫切，并被眼镜片奇怪地放大了。那是一种想要对我说什么的目光。手从钱夹里抽出一张照片。上面是一个小腿紧绷、穿白袜的小孩，手里拿着一把巨大的伞。我点点头，什么都不知道。有一个谜，可我连问题或提问都不懂。照片上的小孩是我。医生是我的爸爸，他不是。

三十多年后，一个料峭的春天，我拿折尺比量着翻修的司事楼立面，惊讶地发现，居然有四米，精确到厘米。楼上的窗现在更宽了。斜对面牧师的老房子在出售。从那里阳台上能看到一望无际的田野，平坦辽阔，草场，沙质粘表土的耕田。一个人来了，透过毛玻璃指了指。他说，起硝了。听起来就像死亡判决。现在我才发现墙上一块白色的、硬化的盐花。看上去就像传染病。

我第一次进了教堂。圣坛北面的墙上画着地狱敞开的深渊。蛙、蛇和人坠落其中，被诅咒的灵魂，将会被火焰吞没。前面宝座上端坐着猪脸的地狱王，手执权杖和闪电。

跳出窗是我的第一个记忆吗？我问妈妈刺猬。刺猬出现在一年前，秋天，妈妈说。可我记得刺猬，这只能意味着，我的第一个记忆不是七月夜，而是那个奇妙的动物。

石雕熊仍还立在公园入口处抹了灰泥的柱子上，前掌中举着风化的牌子，最后一位公爵的纹章。菩提大道通进公园。鹅卵石几乎陷入土。园内有许多杜鹃花、欧洲栗、木兰，两棵山峰榉，甚至一棵红栎和鹅掌楸。地上铺着染白的毯子，那是怒放的雪滴花、雪莲花和银莲花。

我在运动场边缘发现了一堵及腰高的墙，石头上长满青苔。它一定是宫殿的残迹。一定是主宅的残迹，只剩地窖拱顶时，它才成为宫殿。公园南边，一对天鹅，浮在池塘里，在两座假山间，就像画的。

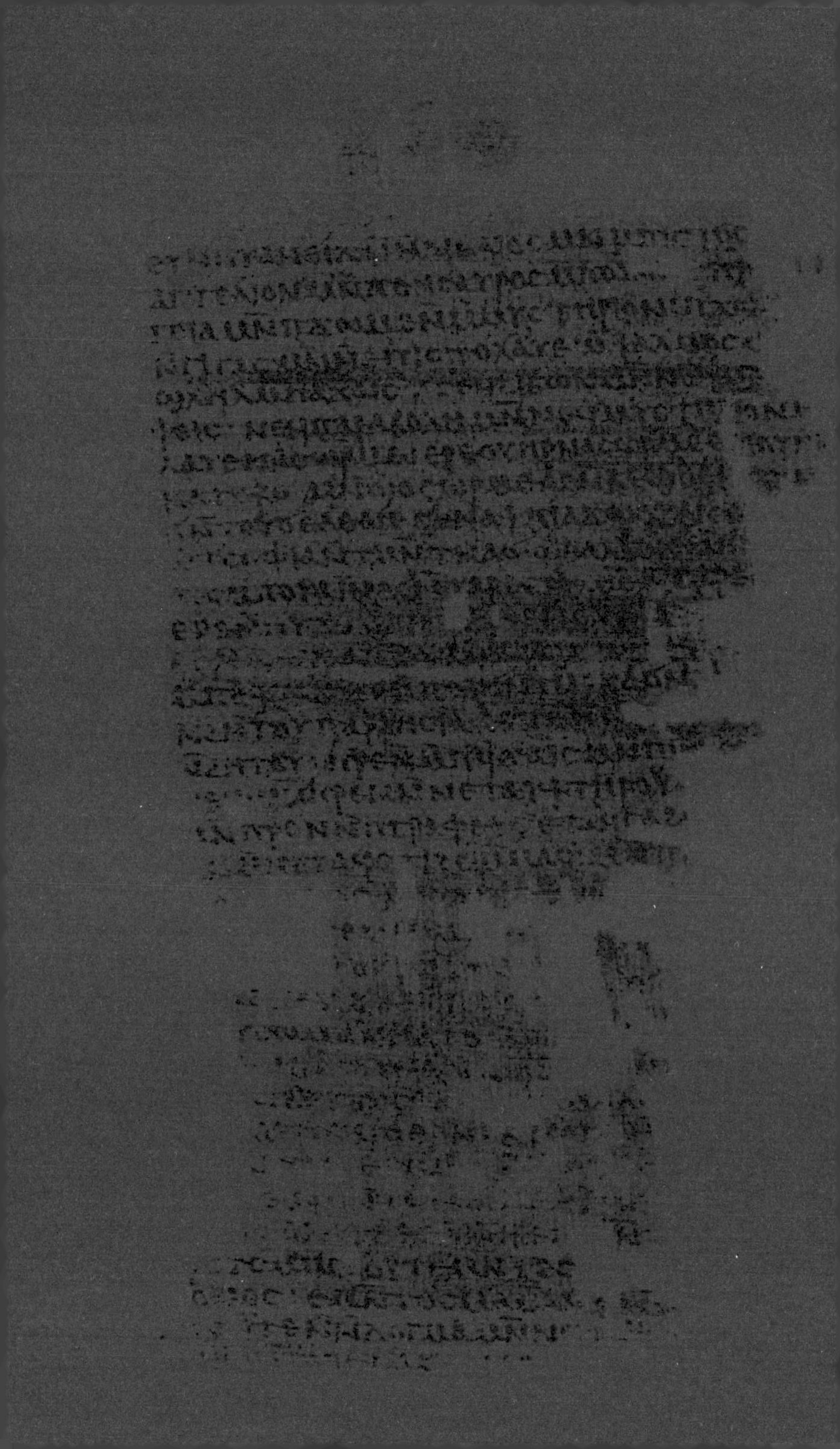

巴比伦

摩尼七经

* 216年，摩尼出生于巴比伦底格里斯河畔的塞琉西亚－泰西封附近。摩尼的父母均为波斯人，他随父亲在幼发拉底河下游的一个犹太基督教净洗派中长大。从很小的时候起，他就受到天启。24岁时，他离开厄勒克塞派教团，开始布道，寻找信徒、树立敌人，他在全巴比伦、米底、甘扎克和波斯传教，也遍迹于印度人和安息人的国土，并曾远行至罗马帝国的边缘。

摩尼得到萨珊王朝统治者沙卜尔一世及其子奥尔密兹德一世的支助，却因琐罗亚斯德教教士的怂恿被其后继者巴赫拉姆一世于276年或277年投入监牢。他在囚禁的第26天死去。尸体被肢解，剥下的皮被悬挂在贡德沙普尔城的城门上示众。

摩尼教远播至两河流域以外的整个地中海地区，直至西班牙和北非、小亚细亚和中亚，并沿丝绸之路传入印度和中国。因此这种融合性的教义与波斯的琐罗亚斯德教、西方的灵知派基督教、东方的佛教均有关联。古代后期，在三大洲均有信众的摩尼教是世界宗教。

† 关于摩尼教的没落鲜有记载，古代及中世纪的所有文献均已被毁，各地的信仰活动和信徒均遭受打压或迫害。在西罗马帝国，自382年起，信仰摩尼教可致死刑。该教在中国至843年才被禁，但它在几个地区一直延续到13世纪，在中国南部甚至存活到16世纪。

以东阿拉姆语写就的摩尼经虽有所有传教语种的译本，如希腊语、拉丁语、科普特语、阿拉伯语、安息语、中古波斯语、粟特语、维吾尔语、汉语等，但这些文本无一留存。传世的只有《生命福音》开头、《信简》的残遗、《大力士经》的片断以及用中古波斯语撰写的教义书《沙卜拉甘》的零星残章。因此，很长一段时间内，只能根据迫害者及后世阿拉伯百科全书提供的证据复原摩尼教义。

直至1902年，才在中亚绿洲吐鲁番出土了保存不佳的摩尼原稿残片。1929年在埃及绿洲法雍附近发现的科普特语摩尼教藏书，大部分进入了柏林的博物馆。部分手稿，包括一卷摩尼书简，在“二战”后运往苏联的过程中再次散失。

倘若神圣之物真的只对神圣之人开显，那么此地——在正午高悬的荒原骄阳悠悠颤动的天光中，在蓬乱的椰枣树下，在汹涌多叉的幼发拉底河蜿蜒的支流旁——暮春时节它会因北方高山上的大量融雪暴涨为浩浩汤汤、间或断岸决堤的泛滥大河，把汹汹洪流泵入灌溉系统的壮观沟渠，它远之又远，枝杈愈发精微，侵入缺雨或无雨的洼谷，灌满围堤的凹槽，浸透休耕的荒地，让水轮转动、让谷苗繁茂，保证每年两季的收成，以此奠定这片土地的富饶和美名：谷物，堆成山的石榴，无花果和椰枣，它们在数百艘筏子上顺流而下，直至水体在泥泞的三角洲流域与其孪生的兄弟河汇聚，血脉偾张地向它们的入海口奔流而去。

此处是鸿蒙之地，文明之滩，始祖曾带着他沉重的头颅和已获自由的手迁徙至此，把他宽颌、鼻孔怒张如马、眉毛上方忧郁隆起的堂兄驱逐到更远的北方，使他蜷缩在彼处的洞穴中——以石制工具和啃光的骨头为武器——死于他那不被哀悼的死。族群四处游荡，他们在崎岖多折的迁移中形成了一种模糊的秩序，部落成了民族，依蜿蜒流水顺序而居，仿佛一颗颗珍珠串于编织精美的长线。每一处均自成帝国，开始分配工作和薪酬、收成和收益的芸芸众生——缺乏石头、木材和铁，他们就为自己创造出一个黏土的世界：涂泥浆的草屋和简单的圆形建筑给不穿鞋的平民，四方的宫殿给胡须鬈曲的帝首，有风呼啸而过的堡垒和防尘的金字神塔，蓝釉砖铺就的豪华街道被牛首人和长翅膀的狮子守护，温柔凸起的浮雕上是长袍、叉臂的祭司，泥板写满了密密麻麻的符号，纤细如湿沙上的鸟迹。

当那些亚当的族人还在野山羊的皮毛中摸索着羊毛

内衣，当单粒小麦从禾杆中抽出穗，当二粒小麦的颖壳被收集在彩绘的陶碗里，当弯弯的锄头在每一轮新的播种前掀开土壤，物也定居下来，堆垒成储备，被宣告为财产，牛被篱笆圈起，野马被驯服，土地首次被测量，收成将会分配到未来的年份。宗族经济随宗族集体而来。蜂蜜流淌。灵魂流浪。石头的时日即将结束。青铜幽幽，铁器闪烁，时代才刚刚镀上金，就灰暗下来。那些民族定居得越稳，求索就越是汲汲皇皇，追寻真理和意义的冲动，一种内心的不安，崭新得就像看到永远相同、夜夜吞下太阳的地平线。他们凝视黑暗，看不见任何土地，只有眼睑后跳跃的幻影和无底幽冥，它被灼灼亮点刺穿，湮没靠近它的一切。世界是昼和夜，是寒和热，是饥、渴和餍足，是精进自旋的陶片，是木车轮，是芦苇尖，它耕作潮湿的黏土，就像犁地的牛。

太初，能确定的只是，功，伟大永动机的轮转，它——一旦开启——获存能量，就让河流高涨入海，抬水升天，以致大循环，以致四季更迭，以致概念对的轮回，自历史之始它们便成双出现，去扮演天地、父母、兄妹，一对天神，两个怪物，水火不容。初始前荒凉的虚空似乎比对立的单调法则更丰富，后来它就像笼罩人类的诅咒，让他们此后必须在采集和打猎、耕田和放牧、拨火和通往水井的道路上抉择。没人说得出，彼处，深处，在存在之根本，有什么正等待领悟。太初弥漫着骇然混沌还是开裂的虚空，是二者同在还是均不在；作为天神竞争、新旧世代相斗的结果，创世的发生是漫无计划还是目标明确。

从此处开始的宇宙论，不计其数，又彼此悖谬。将它们统一起来的，是此世不完美的观念。有一条无可争辩的鸿沟，一道令人痛苦的深渊，横亘在神明与被抛入此世的人类之间、永恒无瑕的灵魂与易腐因而堕落的肉体之间。问题古老，却从未如此紧迫：何为人，他从何而来，他将归何处，这个世界何时、如何担负起罪孽。

因为，不愿结束的干旱证明，它有罪。种子二三十倍地发芽、每场春雨都会把荒原变成花海的时代，已一去不返。水在淹没的田野上淤积不动，庄稼腐烂，不知疲倦的河流把越来越多的沙冲向南方的岸，大海渐渐退落，只留下开裂的沼泽。雨有时降落，有时不见影踪。若水位上涨，只高出平素一肘，洪流便提早泛滥，淹没洼地，撕裂堤坝，摧毁庄稼，大河只滋养饥饿和苦难——还有那场大水的记忆，翻天覆地的骇浪上，一艘以不幸印封的木舟，载着几个天选之民，向新的万古之世漂去，在那个时代，一位神战胜了其他诸神，帝王般颁布律法：没有无条件的缔盟，没有无契约的信任。

可那位神的心绪多变如河道，矛盾如先知的预兆，他们读取的未来源自抽搐的羊肝和闪烁的星辰。因为此处，这有着大风吹过的荒野和多产河谷、这很久以前图像便凝固为文字的广阔平原上，一切都充满要破译、要阐释的符号。是命运的消息，是天的音信，那无穷无尽的荒野之天，现在开始说话：以它是灵，以它为风或呼吸！天使开口时，就应倾听。于是，在幼发拉底河下游的一个棕榈林里，一个孩子翘首听着那声音对他说的话："你是光的使徒，最后的先知，塞特、诺亚、以挪士、以诺、闪、亚伯拉罕、琐罗亚斯德、佛陀、耶稣、保罗、厄勒克塞的后继者——他们所有人教义的完善者。"这是妄言般的启示。天使撒了弥天大谎。孩子怎么办？他怕了，要求证明。于是天使做了天使应为之事。他安慰男孩，送去征兆和奇迹，让棕榈树以人的方式说话，让菜蔬婴儿般哭喊，并向他揭开了世界此前一直隐藏的秘密：世界的大戏是光明和黑暗之争，而此在无非是两个时代间的过渡。

谁愿意，就会明白。男孩摩尼愿意。他愿意占据那个分配给他的位子，成为辉煌的终点——站在伟大的先知序列之末。可从来没有人信一个孩子，所以，要等。一个时候未到的当选者要怎么办？他准备。他研究前人的传世之作。无一例外的伟人，苦行者，先知，半神。他们都有大成就，却一定都失败了，所以现在，他领受天命，完善他们的作品。

人人皆可苦修，弃绝世界，抵挡魔鬼。许多人曾闻神语，也有不少将其公之于众。可风连天使的福音也吹散。若时间使之零落，有朝一日，谁来搜集它们、传布智慧？善言流于闲谈，实相沦为梦幻。天使说，欲成真理者，必要写下。摩尼想，欲存真理者，必要写下。只有文字会真正遗世不朽，重如收摄它们的材料，黑色的玄武岩，烧硬的泥板，莎草压实的纤维，或是棕榈僵硬的叶片。

一年年过去。知识开出路，面纱被吹开，内容推动形式，手艺逼就艺术，语词促成记录。一种突如其来的清晰形式踏入摩尼的意识，圆满得仿佛出自圆规，完美如他的教义，融合着始和末，协调了循环与线性之思。

已是仲秋，摩尼的时代终于到来。幼发拉底河静卧在它发源的冬季河床上，无力的小溪在宽阔、凹洼的沙质河床中渐流渐逝，让人忘记，曾是它的水，通过不倦转动的螺旋泵，供养着空中花园的七层高台。

摩尼动身北上，去往底格里斯河左岸他出生的城市，穿过长翅膀的石雕守护的城门，混入涌来此地的人群，提高声音，说出了先知们自古就在说的话：“你们是土里的盐。世界的光。谁跟随我，就不会在黑暗里流浪，就将有生命的光。”

人们站住了。很难说为什么。也许是炎热劝他们停下来，或者，是摩尼那既迷人又让人厌恶的形象，即便只是擦肩而过，目光也会停留在他歪斜的身影和萎缩的腿上。也许，竟或是他带来的消息，在它的光里，一切阴影都散去，一切都成了黑或白：灵魂善而迷失，物质恶而堕落——人是二者的连线，渴求救赎和净化。它是一种创造澄澈、许诺纯粹的对比，它黯淡了如其所是的世界，同时让遥远但确定的未来熠熠生辉，而未来宣称，它只是要恢复那已消逝的完美的从前。它是一条喜讯，在这充满喜讯的国度里，是一份福音，在这不乏福音的时代中，它是许许多多问题的答案。现在，在太阳正至中天、在接近午休的时辰，摩尼从许许多多的脸上读出了那些问题。他知道，在这片土地上，谁懂得从头说起，谁才会被人听到，于是他开始讲述，万物如何开始：太初，世界形成之前，曾一切安好。柔风芬芳，光照斑斓，一派祥和恬淡。统治那帝国的神是永恒的善神，是伟大的父亲，光明的主人。这天堂曾安宁永在，无人自扰于黑暗在南方的喧嚣小国，在那里各地王侯自古相争相斗。两种势力毗邻而居；光明自明，黑暗自毁，各守其道，各司其职。直至某一天——无人知晓具体何时——黑暗侵入光明，二者混战，灵魂与物质，不共戴天。第二个中间时代开始了，世界大戏，正是把人类囚入其中的，此时、此地、此刻。

摩尼讲东方的阿拉姆语，可他的话切肤分明、不容反驳：世上的一切，他再次重复，均为善与恶、光明与黑暗、灵魂与物质的混合，这些两相对立的天性，如生死般泾渭分明。因此，不应以此世为家，甚至不应造屋、生子、食肉，更不应委身肉欲。一切所作所为应局限于最不得已的必需，以尽量减少与物质的接触。因为耕犁田地、剪切菜蔬、采摘果实，甚至踩踏草茎，都会让闭锁其中的那一息光明疼痛。

他停下，倾听他话语的效果。好的演说者知道，什么时候必须沉默。

于是他不久后隐居起来，在半荒野上先知们栖身的洞穴中，曲左腿而坐，把那条走路时不愿听从他、从小就被他托在身后的右腿支在身前，上面架起木简。他解开绳子，翻开书简，把羽毛管放在空空如也的纸上，开始写字——无需任何辅助线，那是他发明的无瑕笔体：如此纤细、精致，乃至千年之后，其残存虽无法用肉眼识别，在放大镜下却纤毫毕现、历历分明。

摩尼翻过页，把毛笔放在莎草纸上，画出黑暗的晦盲否塞和世界的初创：光明之主如何剥下被杀诸魔的皮，以之铺覆天穹，以其碎骨造山，以其枯肉为土，把争战中释放的光亮变为日月，他还画了那位启动寰宇、将天体一一置入轨道的神使。然后摩尼又翻过一页，勾勒出颠乾倒坤的景象：那是黑暗的统治者，他模仿神使相貌、从惨淡余光中塑造出第一对人——并赋予他们结合与繁衍的凶险欲望。第一对人相拥相缠，两个赤裸、苍白的形象，生出一个又一个孩子，光随之四散，碎成越来越小的粒子，回归天国之日于是愈发遥不可及。

摩尼将金箔剪为细屑，胶于莎草之上，再以新色反复涂覆，直至整面流光。晨。昏。一日日，一周周。摩尼不停地画：旋转、庞大、不倦不休的宇宙之轮渐渐提炼出全世界的光，在它乘璀璨渡舟重返银河、摆脱生死循环前，会被信守盈亏的月亮——幽幽天青石的夜空上一轮金色的瓷盘——收集起来、净去尘间浊秽，一个光的灵魂，可以停止存在。

最后，他抓起松鼠毛制成的笔，补画出神使的衣褶，生命之母的眼眉，太初之人金灿灿的铠甲轮廓，众魔的山羊鬼脸。连黑暗统治者的胡须、他被鳞双足上的利爪，也画得精心备至，那是艺术家的周到，他一视同仁地爱着他林林总总的各色造物，甚至忘记了，恶从不曾善，既非善之同族，亦不是善的后代，不是坠落的天使，也不是叛变的提坦，恶之恶无法解释。摩尼的缩微图里有一个自我毁灭的怪物，龙身、狮首、鹰翅、鲸尾，自时间之始它就在蹂躏着它自己的帝国——蛮烟瘴雾、腐臭熏天的战场上，死树的残桩满目，猩红鼎沸的渊穴遍野，铬黄的焦烟从其深处蒸蒸腾起。摩尼教义虽是黑白，他的经书却光怪陆离。谁拥有这些经书，就不再需要庙宇或教堂。它们自身就是皈依、智慧、祈祷之处：木简堂皇，壮丽的书芯裹着未鞣制的生皮，覆以由打磨纤薄的玳瑁和象牙制成的精巧压花，轻便的十二开本封面镶金箔、嵌宝石，还有护身符般大小的微型经书，能藏在握起的拳头里。石榴和灯炱制成的墨水，在白垩漂染的莎草、色泽清浅的丝绸、柔软的皮革或幽光隐隐的羊皮纸上，同样乌黑油亮。只有题名，被雕画得几不可读，环绕着炫目花饰，以朱砂点镶边，那是救赎与毁灭之色，是世界大火的颜色。赤焰熊熊，照亮一千四百六十八年，它点燃宇宙，若不烧光整座世界大厦、释放出最后一粒光，就不会作罢。未来的雄奇景象流光溢彩，在那锌白与金箔仿造的天国光明世界里，善恶再度分离，黑暗的所有成分都被征服、沉降、没落，一大团被活埋之物。而光明的所有成分都高升入月华，被星辰的旋转提纯、澄净。谁愿意，就信。许多人愿意。

琐罗亚斯德有无数弟子，佛陀有五个比丘，耶稣有十二门徒——而摩尼，有七部经书，它们用许多种语言把他的教义传向世界，去统一巴别塔所离间的，去前古未有地分别：那些追随他的，和那些诅咒他的。人们称他为摩那，善的容器或恶的容器，天国食粮或蒙昧者的鸦片，人们称他为摩尼，飞翔的救世主，或摩内斯，瘸腿的恶棍，普照者摩尼，出世以拯救世界，或颠妄者摩尼耶，出世以败坏世界——摩尼，甘露，摩尼，瘟疫。

当殉教之时来临，摩尼对他的子民说："照看我的经书！也写下我时时言说的智慧，使它们不被你们遗失。"

烈焰灼灼。饕餮怒火吞没摩尼教徒的神圣经文，纯金从中横流而出。可它不是世界之火，不是火光冲天的宇宙，而是敌人的柴堆。任何异说都不被容忍，任何怀疑都要遭受惩罚。因为，信民所在处，便有无神者，虔诚所在处，便有异教徒，真教所在处，忠实信众的妒火便会立即点燃，他们严格区分对错，一如摩尼严格区分光明和黑暗。火从不挑剔，虽然有人说，火焰只毁不真之物。

彼时与摩尼教徒的神圣经文一同烧毁的是什么？世界毁灭的算式，大量的巫术书，驱魔咒，无数相异的此在哲学，成千上万部犹太法典，奥维德的所有作品，论述神圣的三位一体及灵魂有死、论述太空无穷和宇宙的真正规模、论述地球形态及其在星辰结构中位置的文章。审讯持续数日，柴堆燃烧了千年。火温暖了无所不知者的心，加热着亚历山大、君士坦丁堡和罗马的浴室，直至眼睛再也骗不了理智、自然教诲起书籍。真理究竟多么可怕？它的光竟能遍照所有被黑暗歪曲的错误。新的望远镜把远方移至迫在眉睫的近处，造出它后，界限必移位，视野必扩大：天穹成为球行星簇星云、涡旋星云和星系的一轮轮椭圆轨道，从六颗行星变成七颗、八颗、九颗——又成八颗，神话蜕变出物质，其诞生史的古怪毫不亚于摩尼的宇宙观——诸多太阳把行星固定在它们的轨道上，黑洞撕碎并吞掉了星星，星云发出的光将无人在遥远的未来接收。不论多少数字和公式描写过宇宙，不论多少知识参透其本质。只要时间有效——谁又会怀疑时间？——任何解释都只是讲述，讲那个吸引与排斥、始与末、成与坏、偶然与必然的著名故事。宇宙在生长、扩张，把星系彼此推开，就好像，在种种理论试图抓住它之前，就逃之夭夭。想到逃逸、想到这无根虚空的恣肆生长，就不禁毛骨悚然，似乎更甚于想到收缩、回归古老的痛点，万物从那里开始，一切力和物质、所有时间和所有空间都在那里熔融、密聚，先是一点，然后是成团，活埋:爆炸，不断外延的空间，灼烫、拥攘的状态，扩展，冷却，原子从中诞生，光和物质分离，太阳、分子云、尘埃、宇宙蠕虫创造出——虽然如此不真：可见的世界。

问始即是问终。是否一切都在扩张、加速，或将在某一天反转、重新收聚，是否一切都被囚禁在不知生亦不知亡的循环里。我们知道什么！能确定的只是：世界末日将会到来，也许暂时，却是可以想象的最阴森的骇事：太阳膨胀为巨星，吞没水星和金星，地球上空，除了太阳，一无所有。它恐怖的热将使海水全部蒸发、石头融化、地壳掀开，内外颠倒，直至寒冷降临，时间结束。

可太阳还在华丽的深蓝天空上，大小如球，照耀着四千年的土地，那片妄自以为与人类本身一样古老、只晓得两个极端的土地：赐死的沙石荒漠和赋生的尼罗河水，每年夏天它都泛滥百日，把滩涂变成茫茫大海，留下让大地丰饶的黑土肥泥。可自从人们用巍峨高墙截住大水，将其围进数千堤坝的迷宫、逼入由堰闸调平的水道，使之全年灌溉侵入荒原越来越远的田野，甚至从沙地上抢出两季收成,尼罗河的沃沃滩涂便一去不返。古老、定居的法拉欣世代以骨骼健壮的公牛和木犁耕地，无奈之下只好把孩子送入荒原，在废弃居民点的瓦砾堆上寻找塞卜巴赫，那由古城土墙的风干砖块瓦解而成的氮肥。

那是 1929 年异常炎热的一天，三个半大的少年在麦地那 - 马地附近填满黄沙、半沉入地下的废墟中闲逛，在一个拱顶里发现了一只脆裂的木箱，它在阳光下立刻粉碎，露出几包朽烂的莎草。纸页虽挺过无数世代的蠕虫和蚂蚁，却曾经被水泡透，于是细腻的盐晶取代了动物蚕食而入，这让那几个不久后在古董商的小铺子里手持古卷的男人起初犹豫再三，不知这些边缘发黑、皱缩的书芯能否换钱。连最终鉴定其中一包腐物的修复人员也不相信，远古的秘密竟会在某一时刻对他开口。

工作数月后，他才在一块斜面和微型镊子的帮助下把一张张纸页分离开来，它们那么纤薄、脆弱，只要他打个喷嚏就会瞬间碎成尘埃。称之为偶然或天意！当柏林的文字专家拿着放大镜和镜子、弯腰研究着一块压在玻璃板下、蚕丝般光泽、显然神圣的文字残片时，物理学家弗里茨·兹威基正在离洛杉矶不远的山脊上把加利福尼里亚天文台直径 200 寸的反射望远镜对准后发座的方向。本是星系的星云疯狂膨胀，在观察它的运动、并与他自己的计算做出比较的时候，他豁然开朗。

可见的物质永远都不足以维系这个星系团。太空中一定有某种不可见的庞然大物，只能通过它产生的引力才能断定其存在。它开始结聚时，比其他物质提早了一刹那，它的引力因此留下一条万物均需追随的痕迹。神秘力量，天空的新权威，因其不为人知的本性，兹威基称之为“暗物质”。

与此同时，柏林的文字学者整理出保护在玻璃后的碎片，开始破译鬼斧神工的笔迹。残章预言了摩尼教团的没落，画出信徒遭受的残暴虐行。可它们也宣告：

千万经书将获救。流入正义与虔诚者之手:《生命福音》与《生命宝藏》,《钵迦摩帝夜》与《秘密经》,《大力士经》与《书信》,《诗篇》与我主的《祈祷》,《图经》与他的启示，他的寓言与他的秘仪——无一遗失。多少失传,多少毁灭?千万失传，又有千万回到手上、终被重新找到。人们将亲吻它们说："伟大的智慧啊！光明使徒的铠甲！你曾迷失何处？你来自何方？他们在何处寻到你？我欢呼，经书去到他们的手中。"你将与他们相遇，听他们诵读，宣告每部经书之名，宣告书主之名，宣告倾尽所有、使经书得以写就者之名，宣告写书者及置入标点者之名。

莱克河谷

格赖夫斯瓦尔德港

* 1810至1820年间，卡斯帕·大卫·弗里德里希画过他出生的城市格赖夫斯瓦尔德，帆樯林立的港口挤满小货船、双桅船、快艇等帆船。这座古老的汉莎城市，通过可行船的莱克河入波罗的海的入海口，连接着各大贸易中心。然而当时河道宽阔得多的莱克河已多次面临沙化的危险。

† 自1909年起，这幅 94厘米高、74厘米宽的油画归汉堡艺术馆所有。1931年，它被出展于慕尼黑玻璃宫举办的“德国的浪漫主义者——从卡斯帕·大卫·弗里德里希到莫里兹·冯·施温德”主题画展。6月6日玻璃宫失火，3000多幅画作被毁，包括特展的全部展品。

寻找源头不难，难的是将其辨认出来。我站在一块草场旁，手里拿着帮不上忙的地图。面前有条沟，水不深，水道至多半米宽，水面覆盖着黄绿色浮萍的镂空地毯。岸边蒲草丛生，黄白如干草。绿苔只在水明显从地内涌向表面的地方聚居。我期待着什么？汩汩冒泡的泉源？

指示牌？我又看了看地图，寻找那条蓝色的虚线，它在蛋壳青的空地中起始于标绿的林区下方。很可能，真正的源头要在上方找，在那几栋房子背后铺展开的森林里，是房子让这一块斑点成为我能对出租车司机讲出名字的小镇。他当然想知道我来这里做什么，何况是复活节前的周六，可在这个地方，单单好奇不足以诱使任何人开口。此地的人严肃而冷漠——仿佛埋入无名苦恼——与这片土地一样，应付得了沉默寡言。

也许，这条极不起眼的细流真就是我要找的东西：莱克河、古老的希尔达河之源，它向海流去数千米，注入格赖夫斯瓦尔德港，随后宽广地、几乎是壮观地在博登潟湖的浅湾丹麦维克湾入海。我看着左边布满裂隙的斑白木篱桩、两排生锈的铁丝网、后面草地上无数新翻的土堆——那是孜孜不倦的鼹鼠的作品，开始照计划，往西南方向追溯水源。

云层远而宽，沉沉低垂在我头顶。天空在远处亮起来，释放出一抹浅淡的粉红。几棵宽肩的橡树耸立在牧场上，那是早已被开垦的荒野的遗迹。积满雨水和融水的洼地阔大如湖，映照着橡树的枝杈。灰黄枯草如灯芯草般在淡蓝的浅泡中亭亭而立。一只白鹡鸰穿水跃过，屈膝沉下尾羽，又展翅高飞而去。

硬结的、不足三日的三月残雪闪烁着，在草地背阴的角落里，在拖拉机的深车辙中，在裹着白塑料、干草于其内发酵成青贮饲料的圆草捆顶上。翻倒的水槽在岸边生着锈。上方伸展出山楂树的冷枝，树皮上布满硫黄斑。这时响起鹤的鸣叫,凯旋之声高亢如号角。水沟对面，两只铅灰的鸟展开它们过于庞大的翅膀冲入高空，只为不久后降落时把身体屈成弧状——以绝对的协调，两腿伸向地面——三次急促扑翅后停稳站定。好一阵子，它们的鸣叫声仍盘旋不散，直至最终被东风吞没。风从海上怒啸而来，扫落身前夜蛾灰的橡树叶。耕田滑腻。棕黑的黏土块暴露出来，在表土上渐渐变软。油菜籽从垄沟中发出芽，叶缘已被农药的毒染金。色泽晦暗，光恹恹无力，似乎黄昏马上就会降临。

一群狍子在已变为沼泽的凹地背风面吃草。我走近时，它们便闪着亮白的尾根快跑回林后。水洼边缘，一块迷彩布在高高的架子上飘扬。不远处，长满青苔的水泥楼板堆在黑莓、接骨木和黑刺李的无叶树篱前。生锈的金属箍从钢筋孔中伸出，最便宜的钢材，裸露着，任凭日晒雨淋。多孔的大石块密生着藻类般发黑的苔藓。后面，在光秃秃的灌木保护下，黏滑的绿水塘静静躺在冰川时代的洞窟中，那是蟾蜍、青蛙和铃蟾的产卵处，它们正暗中等待繁殖的信号。衰草枯成蜡黄，被冬天脱了色。只有毛茛，菠菜般青翠地刺破黑色的湿土。

我回到水沟，跟着走，直至它消失在地下水泥管中。风车空空的螺旋桨在天边转动，活机器。我想起儿时见过的黑色马头泵，阴森、淡漠，砸入地内的撞击。上个冰川期造就了此地：莱克河谷的低凹，冰碛丘陵缓坡中的冰蚀湖，地块和水塘边那些在沙质沉积物与冰川水中磨圆的巨大漂砾。

西南几百米外，白桦的灰树皮泄露出水之后的流向。我穿过田野，到达现在稍稍宽一点的河床。土埂在耕地和沟渠间狭窄地蜿蜒，宽不及两米。有些地方表层的植物被掀开。泥炭土湿润地闪烁着。是野猪挖的。云雀啁啾，一飞而起，她的歌急促地宣告着似乎遥不可及、甚至难以置信的春天。现在第一次听到水声。它轻笑着流向林地，迷失在榛丛之中。我潜入林内熟悉的静寂。这里，土壤仍负荷着前一年未受咄咄东风侵害的沉黯枯叶。矮林含土发灰，只有回心草绿得像香菜。已准备好绽放明黄花朵的菟葵展叶挺立着。树林开始疏朗时，我发现了一具——在枯枝、云杉松塔和蓝黑色泽的野兽粪便之间——蜕掉的鹿角。深棕的骨结构很重。我摸了摸它有舒适纵棱及珠状凸起的皮质硬面和角叉的光滑末端。曾着冠于额骨骨茬上的环状突起仍粘着兽毛，角一定是刚刚才掉。在应是断裂的位置，能摸到白如石膏、结痂粗糙的骨组织，锋利得就像珊瑚岩。脱角一定很耗力。四周的云杉树伤痕累累。挂于伤口的乳白树脂仿佛凝住的血。饥饿的赤鹿已啃光一些树干的树皮。

一阵风划过树冠，天亮起来，苍白的日轮透过云层闪现了片刻。它没有投下影子，空气却立即蠢蠢欲动，鸟儿更响了：喜鹊机械的沙沙声，苍头燕雀不倦的歌曲，乌鸫的粗糙哨音和知更鸟的忧郁吟唱。

走出森林时，一只乌鸦飞了起来，嘎嘎叫着滑翔在被冬麦缀满绿意的田野上空，又一次次落下，却从不曾间断嘶哑的叫声。景色显现出变化，平静，有序。一条柳丛镶边的笔直土路随沟通向下一处居点。水中飘着烈酒瓶，已不再生产的牌子。小路左侧，黑莓红灰的枝条从枯萎的灌木丛中弯曲着伸出。鸟巢悬挂在光秃秃的树篱。一丛山楂树下有几十个灰白的、砸烂的蜗牛壳，还有石头，乌鸫和画眉曾在上面把柔软的肉凿出铠甲。黏土被拖拉机轮胎撕裂、被雨和融水浸软，在我脚下的每一步塌陷。水坑吸收了环境的色彩。是湿土和浊泥浆的赭红，一种蜡质的、很少反差的单调。只有黄花柳边缘泛着春绿的枝条及其银色的初生柔荑花在料峭空气中微微颤抖。它丝滑的皮毛刚刚才剥去粘荚。

水道在村口牌子前不远处分了叉。我追踪着最不显眼的一条，它深深藏入不情愿的田埂，一条被爆竹柳包围的小溪。从喀斯特矮林中升起的树木像笨重的、倒挂在冲蚀斜坡上的怪物，树冠截断，被寒暑风雨挖空的树枝畸形怪状。发霉的木心从胀破的内部鼓出。

不久后，一道流水路与此路交叉，在地图上它已被冠以所寻之河的名字。它没有弯转，直直地东流而去，脱离了周遭背景，在两块围以篱栅的牧场间形成天然的界限。贫瘠的河岸地面上，倒伏着一束束被雨水压弯的莎草。流水无声地追随绘图板上画出的轨迹，不断为南北分支的新的排水沟供水。开阔的土地冻僵在那里。一切都很远，一切都已被占据，耕田，为仍挤在棚中的牛提供饲料的草地。只有风在呼啸，切断呼吸，暴雨般拦住我的脚步。天边密聚起肌肉似的重云。模糊的远方有车流的轰鸣。

这样过了好一会儿，目光再次被挡住，山茱萸和黑刺李的路堤围起农田，使之免受坚硬的东北风之害。一群灰棕色、乌鸫般大小的鸟儿飞过耕地，一次次聚拢休息，又因最轻微的干扰一哄而散。是田鸫，老式菜谱书中身被灰斑、在地中海地区过冬的鸟儿。很快，黄鹀也飞过耗竭体力的空气，轻擦出染料般的黄。沟渠不知不觉地充满水，水位上升，水道开阔，波面粼粼地流过机械水堰的开放地闸。

最后，当一条路来到近前、横跨过沟渠时，光滑的锡灰色柏油路面已让我感觉陌生。汽车穿梭而过。北边，透过白杨树栅，闪现出水泥灰的马厩、脓绿的青贮房和灰白的裹着玻璃纸的稻草金字塔。农机不知在何处轰轰作响。一片片雪花静悄悄地飘落在泛黄的牧场淤泥上。

我在岸边草丛中找到一枚鸡蛋大小、有棕色麻点的河贝。它内部散发着珠母的光泽。不远处有野鸭在水中觅食，它们比城里的亲戚更易受惊，我一走近，就粗鲁地嘎嘎大叫，扑簌簌飞走，停聚在近旁的休耕地上。它们的脚掌橙光闪烁，鸭头在田地灰色的小径前释放出耀眼的孔雀蓝。在过去几个小时的单色调后，鸟儿绚烂得几乎吊诡。

然后，我为自己的第一段行程选择的终点到了。这个小村庄叫荒凉的埃尔德纳，几乎只有一座翻修过的庄园和一排砖褐色的农工房。除破旧不堪的消防局和几个倒塌的马厩外，所有房屋都似乎住着人：帘子挡住窗，车停在入口，鸡在棚屋的篱笆上匆匆踱步。荒疏笼罩此地。它的名字是空洞的宣告。它指的是位于莱克河河口的西多会修道院，那是格赖夫斯瓦尔德初建时的古老核心，三十年战争后便已沦为废墟。

手机又有了信号。我拨下号码，当出租车在大路尽头出现时，下起了绝决的厚重的大雪片。

三个星期后，世界划分为不再、已在和尚未。四月末。别处均已春意盎然。我从火车上看到青绿斑驳的矮树篱和黑刺李的白花泡沫。可在最东北端的此处，郁积的寒凉仍遏止着萌动。太阳照着，但日光苍白。尚未暖起来。连翘一如既往地最先展示出它的四萼花序，却还不是硫黄火焰。乳白的雾霭笼罩着村庄，在一片茁壮的杨树围篱后，它很快与花园和小棚屋消失在嫩绿的草场中。僵冻已解，土里的冰化了，大地沉静，几乎是羞怯、笃定。爆竹柳和白桦仍然光秃秃地立着，只有一层细腻的绒毛覆盖着树枝的骨骼。刺篱微微泛青。黑刺李的绿漾出淡黄的莲座状基生新叶。去年夏天的干浆果还零星挂在枝上。它们的柔影下蜷着常春藤、立着毛茸茸的嫩荨麻。一株小栗树露出它刚刚从漆光芽苞中绽开的皱叶。汽车和农机在草皮上留下两道沙质的、被碎石固定下来的车辙，它们与田间小路一同沿着沟渠的方向伸展出去。麻雀在山茱萸和黑刺李的树篱中竖起羽毛。乌鸫高声抱怨，黑顶林莺笛声悠扬，苍头燕雀鸣唱着永远相同的诗段。不知何时起，篱笆全都不见了。缠着烂叶的断芦苇露出水面，而那浅浅的水，几乎是清澈地躺在基底锈棕的河床里。一层层伏在岸边淡绿草丛上的芦苇则泛着稻草般的微光，秋风曾吹倒它们，在干燥而松脆的时候。

柔软的卷云遮住高空，被渐渐衰败的飞机尾迹打乱。灰绿的森林界定了东边的天际。南边，大地在星罗棋布的居民点、一棵棵树木和浅水泡之间散裂开来。北边，浮尘随着一台耕作的拖拉机飞扬。泛蓝的庄稼在近旁的农田里发着芽。粪肥味充斥着空气。

田埂上，白屈菜、蒲公英和蜡质心形叶的驴蹄草盛开着铬黄的花。棕褐色的荨麻蛱蝶在前面翩翩飞舞。一只大黄蜂嗡嗡嗡地寻找着食物。野芝麻的骄傲茎秆向上伸展。紫花的唇瓣高耸在雄蕊花柱的上方。

在左侧几乎觉察不到的小山上，一片小森林躲在因寒暑淬炼而刚硬的松树和布满青苔的漂砾壁垒后。一排排顶端有尖头、羊肚菌似的棕色孢子囊穗在前方钻出地面。那是幼年的木贼，是早已逝去的地质时代的残迹，是所有农民的敌人。路当中,小小的龙胆草怒放出淡紫的华丽。更远处，清澈的高空中盘旋着几只鸢，它们升降、旋转，在侦察飞行时恣肆地俯仰悠荡。金灰色的光渲染着风景。大地似乎在缓慢轻柔地呼吸。水的反射面下，多臂的眼子菜在无声的水流里摇曳。一只尾扇蓝灰的苍鹭猛地从湿处窜入空中。水在它的翅膀下泛起涟漪，它绕着大圈缓缓升高，缩回扁头，飞向大海。继而又归于星期日的宁静。小径随沟蜿蜒，在看不见的起落里从容流淌。水终于积聚到泵站的进口池中。降下的木闸前，不祥的绿汤纹丝不动，静卧在芦苇和浮萍半腐的清漆之下。标牌提示禁止洗澡或入内。如今清澈的水沟已宽阔如河，窄铁桥通向另一侧，在彼岸的阔野和点缀着鹅黄的山坡后，大片森林继续铺展而去。

绿油油的草里坐着一只大蟾蜍。它右手小小的拇指放在一根草茎上。半闭的沉重眼睑下，铜红色的眼睛盯着模糊的前方，只有皱巴巴的、玛瑙棕的身体在有节奏地搏动。它全身布满疣和沙粒。

人们似乎从虚无中乍现。一个男孩开着四轮车飞驰过空地。一条西班牙猎狗跟在他后面狂吠。大人牵着小孩子走过此地，没打招呼就消失在河堤后。我停下来，尝试在地图上定位这纷乱的景致。空气清爽，有一刻我甚至以为尝到春天的滋味。地图不知岸边小径，也没有森林的入口。所有标记出来的路，都从森林内部才开始。

我想随水进入柳丛，可沟渠转了个弯，后面出现了发酵的湿黑沼泽。浸透的泥土啪嗒啪嗒地抗拒着每一步。地面越来越软，我越来越深地陷入泥泞的裸土。无底的黑水洞从低地深处闪出微光。我看出，这里走不下去，只能回头。于是我笨拙地穿过斑驳浅绿的河边林，用手臂推弯拦路的新枝，往南走了好长一段路，藏在树叶下的地面才硬实起来。在褪色的枯叶地毯下，缺少光照的银莲花从凉凉的林土中涌出一团团白。啄木鸟敲着树梢。柔和的光落在榛窠、幼山毛榉和单薄桦树的瘦枝上。此时地面因铺满鳞状松塔和枯黄针叶而有了弹性，高大的云杉很快让它暗下来，直到它在橡树和山毛榉的树冠下再次明亮。

到处都有动物的踪迹，被野猪拱起的发红、松散的腐殖土，树根下狐狸或獾子窝的黑色入口，齿小蠹虫幼虫在裸露树墩上画下的象形文字，最后还有红腹灰雀的清脆声音。对它欢快的单音节啼叫，我几次作答。后来，当我在一个小丘柔软的草地上躺入松树斑斑点点的半荫时，那只鸟儿冒险走出它的掩护，坐到我正头顶的树枝上。它胸脯的朱红色明亮耀眼。我又开始回应它，几个回合后，它突然唱起一支婉转的、我没听过、也模仿不了的五节曲子。

我闭上眼。缠结的树枝又一次映在亮着红光的眼睑上。远处传来猛禽刺耳的尖叫。

再上路时，太阳高挂天顶，它毫无遮蔽的光让我在多尘的林中空地上恍惚间感到夏日微微颤鸣、有着灼沙味道的炎热和海的呼啸。红腹灰雀有节奏的循环歌声时不时再次响起。我漫行穿过新老树木并存的禁伐林区。模糊的沙地上盘旋着鸢鸟幽灵般的影子，开裂的、迸出新叶的鹅耳枥叶鞘闪闪发亮，散发着蜂蜜的香甜。

当我回到开阔的天空下，前方仅仅几米处，一只野兔从它藏身的黑麦苗中弹出，在农场路上绕了个弯，消失在耕田里。东边，一群老鸦嘶哑干咳着，飞过低垂的电线。一只鹳展开大翅膀，擦过它们，滑翔入巢，高过附近居点所有房子的山墙。另一条水沟在森林边缘的阴影中干涸了，它的两侧镶着干草沉积的灰白条带。一定是漫溢的水把它们冲上了岸，还有肉质指状叶的沼泽鸢尾和大量灰紫的软体动物，就像化石，搁浅在干燥淤泥上。

莱克河沟本身北流而去。我想抄近路，就从电篱笆下面钻进去，取直线横穿牧场。可湿土很快就挡住了脚步，不论踩到哪，地面都会下陷。再往北，莱克河终于汇入水量丰沛的莱茵河。在微微拱起的堤坝保障下，向一个村庄流去。远远地就能看见一栋板楼。我最终抵达岸边时，天上悄悄地出现第一只海鸥，黑头，即将繁殖。空气瞬间有了咸味。村道经过一座横桥。一声警笛的尖叫。郁郁葱葱的地平线上，深蓝天空染了雾蒙蒙的白。

三个星期后，当我跨过同一座桥时，沟岸已长出及膝高的草。天空铅灰。鼓腹的厚云让此地一片阴沉。只有我身后，天际西边的裂缝中，挤出一抹象牙白的光。

我沿着参差不齐的枯苇丛，随水向东。一匹哈福林格母马带着她的小马驹在浓绿的牧场上吃草。莺鸟啁啾，在披挂新叶的矮篱中，在一浪浪高高的荨麻后。电锯的啸声从一个农庄传来。它起起落落的尖叫伴我在透着黄花茅一缕缕紫灰的小堤上走了很久，与南岸绿染的白柳丛中布谷鸟脆铃似的啼声错落相和。当我应答它充满回声的鸣叫，它竟像怒猫一样嘶嘶呵气，为寻找对手从一棵树飞上另一棵。在它头上，更高的高空，三只苍鹭曲起一动不动的翅膀，在重力作用下滑向浅湾。几片水鳖叶零落在起皱的水面上，白腹毛脚燕忙不迭地躲避着它们。羽扇豆雍容地托起淡蓝的烛状花序。蓍草蕨叶状的小嫩芽以及开着蓝紫小花的草本婆婆纳，反倒弱不禁风地纤细。纤维质的宽叶车前草之间腐烂着一条鲈鱼的后半身，蓝鳞闪烁，一定是鱼鹰剩的。高高窜起的碎米荠为褥草草场画出桦白色的虚线。焦糖胸脯的草原石鵰唧唧喳喳地在草茎间飞来飞去。苇莺高亢的叫声穿透颤抖的芦苇，不久后，附近林中便传来黄鹂响亮的笛声。

我徒劳地尝试找它。反倒在东边远处发现了一只黑白相间的动物，它从水中升起，展开硬板似的翅膀。单因纯然庞大就显得古怪，几乎超自然的。我停下，伸手拿望远镜。鱼鹰？不，甚至可能是白尾海鸥，现在它降入田野深处,以瞭望姿态准备着下一程追猎。离它不远处，长满毛茛花的草地后面，闪耀着油菜的信号黄。再后面，又升起风力机灰色的螺旋桨。除了一个全都静止着。再往东，喷水车正灌溉大麦田。

因为发生在另一岸，一切都显得那么远，人群也是，尽管我们只被一条沟隔开。他们叉着手臂，站在大水箱的拖拉机旁。一条圣伯纳狗在他们腿边蹭来蹭去，嗅着垂下来的红色软管，向蓝白漆的水泵跑去，回头大叫起来。他们在取水？还是把什么东西导入莱克河？数十年来，新挖的排水沟一直在抽走沼泽的地下水，以便把湿草地变成农田。果然，我很快就看到一条支沟，它在相邻森林多刺的灌木边缘中失去踪迹。矮林中郁积的黑泥汩汩冒泡。弱光穿过树冠。现在彻底安静了，再也听不到鸟儿。但只过一会儿就又亮了，因为人们为高压线在林中开出了通道。数米高的虎杖密集丛生，它们长着巨大的椭圆形叶子和左右摇摆、竹子似的茎秆。我继续走，沿第一条支沟走到外面。

树林边缘，无数嗡嗡嘤嘤的山楂花滚起浓密的泡沫，——草地被盛开的三叶草泼白，当中立着药用白前和紫色盏状花序的红门兰，它宽阔的叶片上布满红棕色的斑点。在岸边树篱和远处斜堤之间，格赖夫斯瓦尔德大教堂现身片刻，它正前方，是圣雅各比塔砖红色的棱锥。

沿沟有一条几乎看不出的小路。现在两侧都围起堤坝。轻盈光亮的桦树在枯草栅后踮起脚，新鲜的叶子闪耀着，像小小的三角旗。芦苇在它前方摆荡着流苏。黄鹀重复着它们单调的歌，一只苍头燕雀猛地冲了出来。对岸很快出现另一个较小的泵站。立面上涂鸦刺眼。一个钓鱼的女人从房前抛出鱼竿。她身边趴着两条棕色的大狗。此后不久，一只铜色的大鼹鼠丘从燥土中耸出，正好挡住我的路。它看起来就像牛的股骨。耳柳丛中花穗直立，鹅黄郁积。长满断木和苇草的莱克河已经看不见了。芦苇沙沙作响。蓝豆娘在枝间嗡嗡地飞，或坐在早熟禾的茎秆上，虹彩色的后腹部卷如马蹄铁。

现在能听到一种无法定义的噪音，没有回声的金属敲击急促地重复着。然后，一个斜坡后面，刚割好的草坪上展开高尔夫球场，人造山紧贴迂回旁道，一直伸向路堤。人们带着浅色鸭舌帽在空中击球。而我旁边的茂密树篱中，一只歌鸲开始了啼叫，比夜莺还响，但同样精湛。

刚刚还树篱茂盛，脚下就铺开蜂斗菜的地毯。蜗牛把它大黄般大小的叶子蚕食得千疮百孔。一条小径穿过车桥下生长的沼泽柳树，然后重新通到人行桥上。我紧靠栏杆，凝望着平静、褐色、约三到四米宽的流水，从此处，在城市的边界，它才开始真正叫“莱克”这个名字。萍蓬草叶漂在河边。

天空一下子晴朗起来，太阳晒着我的脖子。我走上南岸的小堤坝坝顶的沙路。开着黄花的草地后开始了市政公墓的坟场。对岸排着一座座独栋住宅。地图对这个居住区一无所知。一定是不久前才建的。在一棵被虎杖团团围住的山楂树桠杈间，闪烁着一块锈红色的斑点。那是金翅雀，它身旁一掌处，是更大、颜色更暗的雌鸟。可还不等我仔细观察，两只垂直飞起的鸟儿就消失了。不久后，莱克河再次藏入芦苇，只有远处蓝色的铁路桥才暴露出它的流向。

我的路继续引我向南，经过刺铁网围起的灭火池和开粉花的苹果树。一棵柳树的树干上长有大量赭黄的黏菌。看起来就像建筑泡沫。高大的杨树夹着布满裂隙的柏油路通入城中。马在围场中吃草，不久，在一条小溪后，公寓楼区拔地而起。花园里有塑料滑梯和蹦床。路的另一侧，一座大仓库在多孔的铁丝网后破败着。很快，我到达了有狭窄的粉彩老房子的格里姆街，走过农庄，经过超市的停车场。在一个石匠铺着地砖的前院里，两条罗威纳狗在高高的篱笆后威胁地打着呼噜。它们口中衔着橡胶咬环。唾液从唇上滴下。莱克河远了。直到我拐进动物园绿化带的矮墙，才再次在废弃的铁轨后看到它系着芦苇带的河床。我沿着铺设的小径散步下去，经过我出生的旧诊所大楼。河水在施特拉尔松公路桥的后加宽，流入一个约七八十米宽、数百米长的梯形盆地，——格赖夫斯瓦尔德港。加固的北岸停着两艘餐厅船，南岸是一些桅杆高耸的帆船。板楼从后面投下长长的影子。

我在南岸坐下。对面是一排排低矮的建筑和木棚、造船厂和划船俱乐部，年少时我曾在那里训练过一个春天。盐矿一定位于后方某处，在莱克河与巴贝罗湖之间的罗森谷里，矿和河，就是此地垦林、在沼泽地上建立集镇的原因。微咸的水里飘着一条死去的鳊鱼。雨燕在波浪起伏的水上来回穿梭，鸣声尖利。三只家燕停在帆船的舷栏上。狐狸红的喉部在夕阳中闪闪发光。

Gehirn und Seele
la science des rêves
Psycho-synthese
Einführung in die Psychologie
William Harvey

翁塞尔诺内谷

林中的百科全书

* 50 岁时，伯尔尼的瑞士联邦经济事务部贸易司秘书阿曼德·舒尔特斯，决定在提挈诺州开始人生的全新阶段。舒尔特斯年轻时曾经营过女装公司“舒尔特斯之家”，该公司在日内瓦和苏黎世均设有分店。1951 年，舒尔特斯退休，迁入翁塞尔诺内谷，20 世纪 40 年代他就已在那里购买了土地，共计 18 公顷。此后，他的生活中心变成了一片逐渐被改造为百科全书的栗树丛，他把上千块写有人类知识的牌子按主题置入林中。牌子大部分由多语种写成，内容不仅包括特定知识领域的关键词摘录、清单、表格及书目信息，还有种种穿插着联系方式的娱乐活动建议，但实际上这些活动他始终极其排斥。舒尔特斯隐居至最后。1972 年 9 月 2 日夜，他在花园中摔倒，因衰竭和冻伤死去。

† 1973 年 7 月，继承者找人清理了这栋每个角落都堆满书籍、纸张和家具的房子，房内所有物品几乎都被烧掉或当作垃圾运走。为期两天的清理过程中还烧毁了一批性主题的藏书，其中约有 70 本很可能是拼贴而成的自制书。花园彻底被毁。只有寥寥几块知识牌与九部自制书幸存；其中三部被收入洛桑的布鲁特艺术藏馆，其余均为私人所有。如今，只有房名提示着它曾经的主人：阿曼德之家。

测试，测试，一，二，三，四，五。您在收听卡洛山电台。测试，测试，六，七，八，九，十。好，我们开始我们的晚间节目：现在我们来到了翁塞尔诺内谷的村子里，不是吗？村子坐落在洛迦诺后两个小时的地方。你乘火车，到达奥勒修。房子有点偏。走下面的一条小路。你会在五月来，那时天气好。很容易就能找到房子，还有房前的牌子，它请你敲门，因为门铃坏了。你会在入口处遇见戈尔贡，并承受她的目光。会看见花园，所有那些牌子。你要去读，弄懂它们。这里很大，一处胜境：陡峭，多岩，长着茂密的栗树林。南边地势陡降。从下面篱笆处能听见伊索尔诺河的潺潺流水。旧州路斜穿而过。如今它是一条步道，陌生人沿此而来，在我的领土，1 号地上，闲逛。此外，我还在进入马基雅谷山口南侧的山区拥有 2 号地，以及索托 · 克拉托洛的地 3 号地。

人们来此阅读字牌，但他们读得不对。他们根本不会读，因为他们阅读，只为刺激精神、刺激感觉。可一定要为整理而读。一切要整理的东西，都必须先写下来。唯其如此，才会出现秩序。我的体系是，物以类聚："珍奇"部里，有崇拜里修的圣德兰的神迹，还有科内尔斯罗伊特的德兰 · 纽曼的血泪和圣痕；近处是米林 · 达乔惊人的金刚不坏之躯，他竟让花剑刺穿身体；紧随其后是世界上最惨烈的海难。诺贝尔奖近百科全书，林奈近动植物，蝴蝶近哲学，肥料近特种饮食表，寻水术与辐射近好运气，登月近飞行中的 UFO，UFO 与苦修士近玄学与人性之谜。太阳黑子表靠近烧烤区，蚁国的牌子在蚁丘正上空。所写之事必须与体验相关。一部林中百科全书。人类的知识都被搜集于此、挂在树上。当然不全。也根本不可能全。写下所有牌子就有得忙了！活着总要做些有用的事。走在路上，就搜集点东西，捡个苹果、一枚栗子、一个罐头。一切都还能用。什么都不能扔，一小片纸都不可以。哪怕用铅笔头也能准确工作。铁皮盒烫平后就能做牌子。总是有活儿:要除掉的野草，要修理的生锈的牌子，要削皮的栗子。它们吸满汁水，加什么料，就是什么味。在糖水里变得很甜。肉汤里就会香得发腻。营养价值很高。一定要了解营养价值。尤其没牙了之后。我已经不能再吃杏仁了。我很会烹饪。但午饭有半升牛奶和一个小面包就够。不需要什么。没什么是真正需要的。最多一个女人。她应该对事物感兴趣，好学，年轻。一个还什么都不懂的。一个我什么都能教的。理想的是 18 岁到 25 岁之间、可以结婚或收养的年轻女孩，孤儿或年轻的女继承人。

你不会像孩子那样弄坏什么，他们有时候跑来，叫他们却不回答。甚至问他们说什么话也一声不吭。我说德语、法语、意大利语、荷兰语和英语。来这的人，只想采栗子、嘲笑我。他们什么都不懂。你不能听他们的。他们说，疯子，异想天开的人，或者：他住在月亮上。只是因为留声机有时候会在夜里响起。你要知道:在野外的天空下,在夜里,音效最好。鸟儿不会干扰,它们睡了。有时候忍不住唱起来。但不能让任何人听到。小时候我梦游过。可惜后来不会了。恩里科·卡罗索是空前绝后的男高音。这里有许多他的唱片,共150张:歌剧、轻歌剧、古典乐、流行舞曲、维也纳最有名的华尔兹。一切都在。你爱音乐。

整个区域提供许多舒适的休息场所。冷食自助区上方是人工瀑布,典型干砌石技术中的一道小山涧。两个岩窟全年为此地供水,一个露天电影院,一个壁炉和一个沐浴区。所有这些都是我花了一番力气修造的。我把无数石头层层叠起,拖来树干和树枝,它们营造出一个美的空间,一处美景。因为美很重要。一切都取决于美,此在和延续。蔑视美的人不懂,生命多么依赖于此。遇见我第一任妻子的时候,我穿着一件来自巴黎的大衣,尖货。所以她嫁给了我。当时她已经怀孕。被线条的破坏搞没了形。先是钱没了,后来和她也结束了。我们有个孩子。但他不久就死了。

那边的壁龛在夏天是个很不错的小地方。垃圾堆上还有保存完好的耐火泥板。只需拿过来,就可以在烹饪文化区搞出很好的炉灶。你会学到怎样烧烤。带盖的烧烤锅是现成的。但也可以把食物裹在铝箔里烤。墨西哥烤肉甚至能用这种方法处理一整头野兽。有丰富的烹饪藏书,著名的题目包括《什么随爱而来》和《男人爱吃什么》,

许多烧烤、卤汁的配方，还有小园圃及家庭花园文化的资料，以及一册关于花语的法文书。你来时，会是夏天。享受舒爽的荫凉。你会紧紧抓住古老的铁栏杆，从岩壁上的短梯爬下来，保持平衡跨过峡谷上的窄桥，来到处女房，这是间平顶、无阳台、4×4平方米的独屋。我亲自盖的，在我的第二次生命、在我真正的生命开始前的一年，自给自足的梦想。那是1950年。房子边的牌子上有图纸。有人想仿造的话，免费。我不租。要自己努力才进得去。它叫小巢或处女房，名字取自野蛮的西部州、女性人物、一种生理状态。因此入口也封死了。响铃系统把处女房直接与宅内卧室连起来。什么都有：很美的地毯，很美的窗帘，灯罩，甚至凳子和靠窗的盆栽天竺葵架。如果单人间太小，你就可以住在那。只需要一个晚上就能拆掉墙砖。月光下是最好的。那时足够亮。不远处矗立着高大的自制风车，它带发电机，还有水泵组件，不久之后就造好了。如果想自给自足，生产能量本身就是问题。有母鸡就好了。她们下蛋。很有用。能用挡风玻璃轻而易举地造出鸡窝。母鸡需要梯子，一种秩序。整块地皮都在山坡上。因此本身就倾斜。我有过山羊。但它们很蠢。我在处女房里给它们铺了垫子，夜里可以睡上去，甚至盖被子。可它们总是站起来，又睡到地上。三头或四头羊。后来它们被一根麻绳拴在树上。它们转呀转，不停绕圈子，直到被缠住。然后就死了。那是很美的物种，很美的动物，可惜就是太蠢。

如果继续走，就会再次到达宅子，看到东面三角墙上的大星盘，完整的黄道。我对天空感兴趣，人的命运，盲目的偶然和大关联，危及生命、导致早夭的事件机制。一定要搜集有出生日期和幸运日的精确案例，分析它们，从中导出规律。研究的案例越多，结果就越可靠。一定要制作出某一日的星图：斯威登堡出生那天，埃里希·玛利亚·雷马克家里被入室抢劫那天，流行歌手亚历山德拉车祸死去那天。这种横死者的案例大概有 20 个。肯定能找出点共性。可惜几乎没人准确知道出生时辰。歌德说，敲响 12 点时，我来到世上。这样就可以开始了。人们并非随便在某个时间点降生。与墨索里尼同一日出世的人，很少活下来。因为，生命中的每一天都对应着一年，从火星、土星、天王星、冥王星这几颗行星呈 0 度、90 度和 180 度的星象关系中，能读出生命最初几天的危机，它会在相应的年份重演，并显现为死亡。所有相关计算都能在宅内的天文学文件夹里找到。还有许多怪胎的天图可供研究。我计算精准。生物周期很明显。某些事件偏偏落在那些节点上，于是出现了起起伏伏。长寿和寿命是最古老的话题。每个人都要死。这是事实。是安慰。

学校里最好的是讲座。可以自己找个话题，然后学习相关的一切。因为不论时尚、历史或地理，方方面面都要知道，要了解。可以好好想一想，一切为何如此，将会如何。一个又一个哲学学派都这样做过，每个都找到了些什么。在东方，人们种瓜得瓜。因此有了因果。这方面在神学书里能找到很多。所有灵魂问题的解答都在神学书里。心理学的书说的是我们的欲望、印象、束缚、记忆等等。因为我，我们存在最内里的核心，未必觉得自己是身体的纯粹镜像。这些事情可以在人类学的书籍中进一步了解。很多东西留在我们的潜意识中。它会造成障碍或引发神经病。精神分析使之曝光、将其解放出来。婴儿时，种种印象完全没有区别。它们十分缓慢地分化。西格蒙德·弗洛伊德发现，我们的许多失误是性欲的压抑。另一个人指出，“向上”的欲望决定了一切。结果就是个体心理。荣格教授是原型的发现者，它作为种族和祖先的遗产，无意识地栖居在我们所有人的想象世界中。南锡派揭示了暗示的影响。玄学研究那些无法用我们的日常感官解释的现象，占星术则搜集过去的材料，检验出生时的天空对后来有无影响。达尔文展示出所有造物的演化和关系，相反，创世说则说明精神如何激活物质。今天，人们预感到，仍还荒凉的星球上可能存在精神实体。招魂者与死人所谓的接触，其通病在于，从没有正面的显像。但不要忘记，第四维无时空。也许彼处真没有什么凝滞不变。仍有许多没解决的事：占卜问题，死亡辐射，以及对尤塞皮亚·帕拉迪诺的幽灵的质疑，它们到底是百分百眩晕还是偶尔眩晕所致。

过去，我为一切精准分区。这是物理学，那是骨头，那边是玄学。今天反倒是一片大乱。知识，恣肆蔓生。树木长大，扩张开来，伸向天空，直至文字剥落，金属丝断开，牌子掉下来。起初我还修，然后就越来越多。天黑或下雨，就无法在林中工作。只能呆在家里。宅子老了，和提挈诺的大多数房子一样，是用花岗岩造的。有石屋顶和许多房间，唯独没暖气。基本上不需要。冬天可以用软木板、报纸和油毡铺地，用板条和黄麻密封墙壁。塑料瓶也有用。严寒时可以把它们塞进袋子里，当毯子用。华孚兰牌的机油罐最好。千万别扔。可人们总是马上全都扔掉。尤其陌生人。垃圾堆是真正的宝藏。什么都落在里面！娃娃，杂志，高跟鞋。全都能用。还有过没坏的收音机。晚上，工作之余，我在 21 点到 2 点半之间听卡洛山电台。以后我们就一起听。收音机不止一台，而是三台，还有三个浴缸，两个锅炉，两台冰箱，七部电动搅拌器，但没什么是真正需要的，连厕所都是。也不需要其他人。最多一个女人。有条狗也不错。牵狗绳已经有了，还有养狗手册。

有时候宅门打不开。这是因为犬牙篱笆经常卡住，还有许多堆在门口的栗子。到处都塞满报纸、纸条和照片。以前我总把报纸上的文章剪下来分类。如今太多了，连读的时间都没有。但我会做关键词目录保存起来。为了以后，当我有时间了，或有人来找东西。

我的原则是：读一切可读之物。物以类聚，保存一切读过的东西。只抄写事实，可复核的知识。尽可能区分现象与规律，随时选择从普遍到个别的路。因为外表总是指向内里。比起我的肺或心脏，通过我的房间可以更好地了解我的天性。因为内外同属一体，就像外露的男性生殖器和内藏的女性生殖器是同一事物的两种表达。同样，花园是我的领域，宅子将是你的。你会看到：内外有时并不平衡。所以，夏天，栗树荫和自然科学知识有助于防暑，而冬天，哲学会御寒。有时候必须在冬天离开宅子，去室外的雪中取暖。热水瓶可以救命。如果放在火炉上，就不需要添热水。以前，我有一个弯曲的金属扁壶可以放在脚上。现在我选了一个真正的瓶子，把它放在两腿之间的敏感部位，因为这样最能热透。

有很多设备。每台都登记过：AS1，AS2，AS3 等等。我有 AS6 电影放映机，AS2 摄影机——强大的滚筒印刷机，拉雅牌照片放大仪，能增强投影光亮的珍珠幕，能把画面缩小到匹配小珠子的缩微装置，低频放大器，索伦斯牌蜡板雕刻机 AS7，还有书籍，以转速 33 或 78 亲自刻录唱片时，书能让人更好地理解必要的物理过程。我用 AS7 录过黑管吹奏的托赛里小夜曲，迎接你时我会播放它。现在，按钮也是按下的，刻刀在雕刻，转盘不停旋转，录下我所说的一切。麦克风已经比较旧了。还有微型发射机和短波适配器，能做短距离的实验，另外还有手摇电话和一部能产生立体效果的装置。有一次我想试一下。但那位女性干脆跑掉了。对待女人，一定要十分小心。

我有《不列颠百科全书》。我有大量关于爱情和婚姻问题的书。我有存在问题的书和关于死亡的书。如果你从布罗克豪斯辞典中抄下你感兴趣的关键词、带过来，我就能从我的拉鲁斯百科全书中复制同一词条。因为二者相互补充。菲律宾的大王花有最大的花，灰熊有最大的洞，最大的鸟不会飞。牛奶在胃里停留两到三个小时。肚脐差不多按黄金比例划分人体。张开的手臂长度大致至相当于身高。一切活的组织都是碳链。男人是种偶然现象。古尔蒙说，自然只有女性就够了。她总是扮演主角。这一点单从以下事实就能看出：随着文明的完善，文明人类中出生的女性越来越多。最新研究表明，卵子绝不被动：它向靠近的精子细胞主动伸出一个胖胖的隆起。这时卵巢上就长出某种类似疣的东西。如果它破裂、脱落，体温就会升高。这叫排卵。意味着，当心！我有过一个巴黎女友，她来自墨西哥。我们也有过性交。有一次姨妈没来。我们就去了药房，药剂师给了我们一种药，叫阿尔戈斯还是什么的。然后就流了血，血里有个小小的东西。我再也没见过类似事物。我假期在蒂罗尔，与女仆也发生过关系。但我对上一次还心有余悸。所以我们立刻去了因斯布鲁克看医生，检查是否发生了什么。可他只是笑。

眼前右边就是我的卧室。里面总是黑的。灯泡烧坏了，窗户被书隔断。只在上午，才有一点光穿过缝隙。它取代闹钟，叫人起床。这有力士肥皂广告和杂志中女士们的目光。她们直勾勾地盯着你。可以在房间里四处走，但不论到哪，她们都会盯住你。不移开目光。有一位挂在衣架上，从夹克领口看出来。是我给她穿的。但她的脸还是裸着。那么多皮肤。即使我躺在床上，那位女士也看着我，从上面看下来。不论我做什么都看。有时被欲望控制。就必须找到出口，尤其性欲很旺的时候。除奥南式的放松外，性行为只有三条路，其外部条件和评价取决于当时的社会条件：卖淫。自由的爱情结合。官方调控、因此得到认可的公民婚姻的性契约关系，这是基于《民法典》第 4 章第 1 节第 1353 条。从生物学来看，所有三种情况都是在做一件事。我结过两次婚。两段婚姻都离了。就是不合适。甚至本该合适的地方也不合适。这一点大家都写过。书里就有。拉·罗谢富科尔说过，只有一种爱，但有千万种不同的模仿。必须问一问自己的倾向。是内在冲动，还是想做违禁之事的刺激？反常的性倾向，常常在性欲尚未爆发的年纪形成。某种禀赋大概与生俱来，但大多数情况是培养出来的，要看涉事者首次享受的最高性快感是如何达到的。演员根本表现不了那些不以任何形式、甚至不曾原初地沉睡在他体内的事物：国王，乞丐，族长。在着装欲方面，人们区分了异装癖和恋物癖，前者希望有新的、不负载任何记忆的衣裳，而后者想在衣物上沾染其他人格的气息，所以喜爱穿过的东西。

残忍是什么？通过亲吻，通过各种暴露和启示、触摸、目光、读物、谈话，挑起一个男人的激情，让他毫无保留地燃烧起来，然后却一反所有许下的承诺，不许极端之事到来——显然，只为让他更加痛苦，显然，自己以看到这种痛苦为乐。

女性美的优越不可否认。其唯一的来源、其全部的秘密是，线条的完整。让女人更美的，是她们生殖器的不可见。男性性器始终是负担和耻辱，唯有处理紧急状况时才有优势可言。特别是，由于身体直立，它是战斗中最敏感的部位，不论作为平面上的起伏还是线条的中断，它都是干扰眼睛的障碍。

纯粹从几何角度看，女性身体的和谐就已经完美得多，若我们在男女的欲望时刻观察她们，在最强烈、最自然的生命表达撼动她们的刹那，这一点就尤为明显。女性保持着她全部的审美价值，她所有的运动都在肉体内部进行，只外显于身体波浪般的蜷曲，男人则好似被降级、被贬损至最低级的动物状态，一旦露出生殖器，就美感尽失。在完成同房的技术可能性方面，女人也比男人优越，例如，她不需要肢体僵硬即可实现。就机械过程而言，女性有能力不间断地交配。

阴蒂的大小千差万别。然而，像整具阴部一样，发育不良的阴蒂可以在活跃的性交中逐年增长。练习和经验的影响尚有待研究。大多数未生产的女性，大阴唇紧紧闭合。如果不该让女人始终欲求不满，就应在每次行为前先让阴蒂肿胀、开始勃起。大多已婚妇女任随性事发生而错过机会，并未通过自己的参与以及对相关肌肉组织的控制得到宽慰，在良好意义上发挥影响。

你爬梯子上楼。一级一级地爬上去。仍然很黑，但你只需要摸一摸，就会知道这是正确的路。天花板上挂着一个环。紧急情况下，如果有危险，你就可以抓住它。因为很窄。会越来越窄。但你会过去的。后面是阳台，有两个躺椅，可阳台的门被书堵上了。你要知道，书是一种卓越的隔音材料。这一点几乎没人了解。不为人知的事很多。然后会亮一点，因为左边就是你的屋子，你的王国，单人间。有时候打不开门。你是秋天来的。到处堆满栗子。整个山谷，花园，宅子。它们落下来。砸到你。杀了你。三颗果实中最大的一颗味道最好。坚果闪着微光，壳斗有刺。尖端被毛，甜甜的绒毛。栗子像牛蒡一样，到处落脚。只有单人间里有地方。栗子不进来。它们不属于那里。因为那是你的空间。什么都有，就在现场。各安其位，书后是窗，梳妆台在镜旁，窗台上有盥洗池、喷雾壶、消防泵，纸堆里有个凹槽，就是它，你，女性，睡觉的地方。一切都准备好了：木架上的垫子，一张很美的床，华丽的衣服和皮草。一切都是最新的时尚。你可以试一试。衣架上挂着黄绿图案的女士浴衣。其他衣架是空的。你可以挂上自己的衣服。

你会四下张望，看见床上方的两张人体摄影，正对面是一个年轻女人的黑白裸照，她舒展四肢躺在床单上，还有对亲吻中情侣的浪漫表现，那是一对爱人的古老浮雕。你会在梳妆台上的镜子中观察自己，那有你需要的一切：指甲油，美容问题的杂志和手册，有关帽子时尚和护发的书，以及一卷《女人的吸引力和美。年轻女孩必须知道什么》，怀孕、受精和更年期的研究报告，月经药片，烟灰缸，剪刀，粉盒，卫生纸。什么都照顾到了。闹钟，许多暖水袋，一个带水壶的水槽，一台收音机及一台振动装置。

有一次，女孩们来了，在羊肠小径上散步。可惜她们很蠢，虽然她们会阅读。但这并不能说明什么。如今人人都会读。她们自称两姐妹。她们来到花园。阅读、参观，甚至有点漂亮。反正是年轻的。她们说是搭车上的路。可很少有车停在这。山谷在某处结束。去不了任何地方。只通向山洞。即使在夏天也是湿润的。我几乎以为，你会是其中之一。我给她们看了房子。看到报纸和栗子时她们笑了起来。还有我给她们看睡觉的地方，以及从罐头里给她们拿饺子的时候。她们总笑。食物的确不错。但我敲门时，她们居然尖叫着跑了。我只想给她们盖上被子。把我和她们一起盖起来。为她们展示一切，教给她们一切。我很高兴她们走了。毕竟她们吃得太多。蠢娘们。

在那本有关女性快感器官的书中，有一张插图提供了阴户全貌。它展示出被破处者的女性外生殖器。这支乐器多样的高雅乐团有诸多名字和称呼：标志为桃子或贝壳。可以看到维纳斯丘和耻骨拱门，大小阴唇，尿道-阴道-开口，会阴，前庭粘液腺，前庭鳞茎球和处女膜。子宫是一口井。它湿润无底，有飞蛾和苔藓的气味。精准的井口，凹陷，深渊，盲穴。欲望无岸，难以把捉。存在如此多的问题。必须谨慎使用性心理反常这个概念。每种异常均植根于正常。每种正常也都有异常的火花。每种变态都残留有微量的正常感受。可什么是变态？男人穿女士长袜，看起来比带夹短袜优雅得多。从过程上看，男女同性恋者的性实践无异于正常行为。

《异常》那本书里有一张特殊的照片。淫荡。很美。你会不想看。你会移不开目光。一个充满感性的场景：你先是看到一个男人和一个女人，女性的臀部，性行为。随后你会看到，两人都穿着黑色丝袜，并意识到，那个阴茎并非真正的肢体，而是借助两条已流行了一段时间的透明吊袜带绑在其中一个女人的臀部上。物以类聚。唯有如此，才能产生秩序。一位朋友很久以前把这张照片寄给了我。今天我不再开信箱了。我已经好多年没有认识的人，所以。以前邮递员每周来一次，看我是不是还活着。现在邮件不来了。我也不会拆信。永远都不知道里面有什么。也许你写信说，你不想来了。那我应该如何作答？另外，我迟早会意识到信里写了什么。我也没什么东西寄给你。谁知道我的邮票是不是还有效？谁知道信会不会到达？谁知道你有没有读？最好留下来。留下来一切。什么都不需要。半升牛奶，一个小面包和一台通宵播放的收音机。

德意志民主共和国

共和国宫

* 这座在海因茨·格拉冯德尔的领导下、由德意志民主共和国建筑学院集体设计的代表性建筑，被修造在所谓的“马克思－恩格斯广场”上，所在地为炸毁于1950年的柏林城市宫旧址。在32个月的修造期后，1976年4月23日，共和国宫作为“人民大楼”落成。

拉长的五层平顶建筑以其反射铜镜饰面、白色大理石镶边的立面为最显著特征。大楼内部有一个可容纳近800人的人民议会会议大厅与一个上限至5000人的活动大厅，除此之外，还设有多个会议室及工作室、十三间餐厅、八个保龄球馆、一个剧院和一个迪斯科舞厅。

它是党和国家领导的社会中心，德国统一社会党党代会所在地，人民议会驻地，重要的国内、国际会议会场以及文化、休闲中心。最受欢迎的聚会场所是“玻璃花”，它是40米宽、80米长的双层前厅。其中悬挂着由著名爱国艺术家创作、以“共产党可以梦想吗？”为题的16幅巨画。

† 为使建筑能承受柏林冰蚀谷的地下水压力，人们浇筑了一个长180米、宽86米、深11米的混凝土凹槽当作地基。

围绕八个混凝土芯，诞生了包裹着石棉水泥的钢梁骨架结构。石棉的使用得到特殊豁免条例的批准，虽然这种建筑方法在德意志民主共和国自 1969 年起已被禁止。

1990 年 8 月 23 日，人民议会在宫内决议加入德意志联邦共和国。一个月后，9 月 19 日，同一组议会成员决定，鉴于石棉污染，立刻关闭此宫。1992 年，德国联邦议院要求拆除该建筑。1998 年至 2003 年间，专业公司处理了大约 5000 吨建筑用石棉，此后才有可能拆除并改造建筑。清除致癌物质后，共和国宫处于无装潢状态。

自 1991 年起，该地点被称作“宫殿广场”。经过几轮关于此地未来的建筑竞赛，联邦议院于 2003 年决定拆除宫殿。2004 年春到 2005 年底，被毁宫殿再次对公众开放，以举办临时的文化活动。

建筑的最终拆除被数次推迟——各方的强烈抗议亦是原因之一。2006 年 6 月，建筑终于被夷为平地。基本结构所用的瑞典钢材被融化，出售给迪拜建造哈利法塔以及在汽车工业中继续用于发动机制造。重建历史上的柏林城市宫的工程，于 2013 年启动。

她从购物网兜里取出一捆芦笋，打开包着的布，把茎秆放在餐桌上。然后去冰箱边，从放在阴凉角落的纸盒里捧出土豆，两手满满。有些已经发绿了，几个甚至长出来胖胖的短芽。箱子显然不够暗。当然最好是放在地下室，可那样就总会有一点煤味。她拿来一条灰色的擦碗布盖在盒子上，就像是块桌布。

洗衣机在第二次漂洗衣物。幸运的话，今天还能干，因为中午出了太阳。阴了一上午,好像随时都会开始下雨。

她削土豆，发青和长芽的地方挖得深一点，把它们洗净、切半、放在炉子旁的碗里。她想尽可能把一切都准备好。午饭她只抹了点黄油面包，虽然是周日，可她从来不喜欢给自己一个人做饭。不值得。

刚开始清洗芦笋上的沙，门铃就响了。她迅速抓起手巾，走进过道，打开门。

“嗨，马琳娜，能打扰一下吗？”

是利珀。他住在她斜下一楼。

“当然啦。快进。我还得去下厨房。”

利珀看起来有点疲惫。他是个和善、不拘小节的家伙。有些晚上，他们所有人还会坐在一起，喝上一杯，虽然最近很少了。

“霍尔格不在，是吧？”

他迅速看了一眼客厅。

她摇摇头。利珀和霍尔格一样，学的是军医，可他的重点是口腔科。

他还站在进门处。

“哎呀利珀，你干脆就穿着鞋吧。”

“那怎么行，别。”

他耸耸肩膀。

“小家伙睡了？”他朝卧室方向动了动脑袋。他看起来真是好累。也许和卡门有关？

“是呀，又沉又死。可累坏了。空气好。和她转了个大圈。”

一吃过午饭，她就拉上窗帘，把小家伙放在了栏杆床里。开始孩子还嘟哝着什么，可很快就安静下来。其实她还想备课。上午全忘了。

“唔。”他把手插到裤袋里。“尤勒也睡了。周日这么休息，也值了。”

她把芦笋一根根放在干的洗碗布上。

“喏，还为芦笋排队？”他把手从口袋里掏出来，抱着双臂，咧开嘴笑了。

她只能笑。她不是唯一一个从小花园后面的地里偷笋的。绿芦笋。商店里她还从来没遇见过。传言说，直接去柏林了，送到共和国宫里。

“是呀，希望没人告发。”她在手巾上擦干手，解下围裙。

“喝什么？”

他还光着脚站在门口。利珀比霍尔格矮一点。他留着浓密的深色胡须，发际线后退了。他皮肤发白，几乎是苍白。

“别，别。别费劲。”他摆摆手。“我想马上下楼去花园。”

利珀特和她，还有这栋的其他几户，都在新楼后面分到一块种菜的田。他们得用锹铲去草皮、抖干净，才能露出一层薄薄的表土，然后种上土豆，以防止杂草长出来。为了收成好一点，利珀甚至在农产品合作社搞到粪肥、搭起暖房。作物在他们这里其实是稀稀拉拉的。但什么都让她高兴。豌豆、小红萝卜、胡萝卜、豆角、香菜。甚至还有草莓。一小碗，但毕竟有。

“来，咱们进客厅去。”

他让她穿过过道，她关上卧室门，走在前面。

门左边自制的架子上摆着鱼缸，现在太阳把一束光打了上去。是霍尔格的鱼缸。古比鱼，黑摩丽，霓虹灯，和唯一一条鲶鱼，大部分时间它都钻在洞里。最初他们只有一层，但霍尔格总是削新木头、锯板子，然后就有了上面稍小的第二层，最后甚至有了紧顶上更小的第三层。像个金字塔。鱼缸前安了栏杆。

利珀坐在沙发上。他的格子衬衫有点绷在肚子上。袖子卷了起来。小臂上一层深色的毛。

“马琳娜，我们……”

他深吸一口气。

然后移上前，把手叠放在大腿上。

“我们想了很久，是不是应该和你说。”

他一个人坐在她面前，却说“我们”，奇了怪。

他犹豫着。

“就是……”他重新开始，“我们就在柏林，昨天，你知道吧。卡门有一场报告，我和尤勒也一起去了。很好的一次外出，但也不太一样。”他的右手在空气里比划着。

“嗯，是。”她全忘了。

“然后，我们想享受一下。”

他看向窗子。逆光里的仙人掌看起来脏脏的。得浇一次水了。

“所以我们在共和国宫，特殊一点，你知道的。”

他光着脚，踩在她的地毯上，脚趾毛茸茸的，不怎么体面。她看着茶几雕刻精致的桌腿。霍尔格前段时间在邻村的一个破房子里发现了它。一件发霉的旧家具。能清楚地看到虫洞。那些洞永远都变不了。他们一起，穿过林子的沙路，用自行车把它运了回来。

“就是，马琳娜……”他又开始说，挺直了背。

“我们在那看到了霍尔格。和另一个女人。”

现在他看着她。

“在那种明确的状态。”他稍稍抬起下巴，手摸摸脸，又缩回去一点。

“我们只想让你知道。”听起来就像道歉。

“卡门一开始认为，这和我们没关系。”他的舌头蹭着牙齿。

“可是今天早上，我对她说：如果马琳娜在什么地方看到我和其他女人在一起，但什么都没说，你会怎么想？”

一种明确的状态？一种明确的状态。可怜的利珀。多好的人。比卡门好多了，她那扎得紧紧的辫子和嘴巴左上方的美人痣，就像画上去似的。

“我不知道，该怎么办。”

他翘了翘右脚。“也许你想和卡门谈谈？女人之间那种？”

卡门是药剂师。从没和她热络起来。

“另外，我认为，他没注意到我们。”他又说。

桌子是绿的。她亲自刷的。她觉得说不出的好看。

“谢谢。”她说。她也不知道为什么。

利珀站起来。“那我走了。”他在裤腿上擦了擦手。

她听到，他在过道里匆匆趿拉上鞋，关上房门，下了楼。灰尘在光里跳舞。其实桌子根本没法看。

他转过身，从后座上拿起手提包，放在腿上，打开拉链。在他的衣物之间有一个灌了水的球，给孩子的礼物。他把它拿在手里。

“好看”，阿希姆说。“她会高兴的。”

绿莹莹的水晃来晃去。小鸭子笑着。霍尔格把球塞回包里，掏出面包。

“你吃不？”

他拆开油纸。

阿希姆稍稍转向他，摇摇头。

“不要，算了。”他又看向车道。路上没什么。

“我可不想用它搞坏我美好的饥饿。”

霍尔格咬了一口。茶肠。面包吃起来老了。昨天早上涂的黄油，马琳娜和孩子还在睡。怕吵醒她们，他到外面楼梯间才穿鞋，像往常一样一步两个台阶，走了一千米到公路上。已经过去了好久。他把面包放回去，又包在纸里。

“想吃好的，对吧？

阿希姆打了方向灯，踩一脚油门，超过一辆世文自行车。

霍尔格蹭了蹭膝盖。现在他才意识到，自己有多累。他脑袋里嗡嗡作响。他很少喝酒。根本受不了早起和锻炼。他还穿着运动短裤呢。阿希姆催着要准时出发。他可能等不及回去见老婆了。颁奖之后，连好好和布里吉特道别的时间都没有。老实说，对于他这倒是蛮好的。

“能靠下边不，我得上厕所。”

他不喜欢告别。永远都不知道该说什么，过去了总是很高兴。

“天啊，你的膀胱就跟个姑娘似的。”

阿希姆不错，壮得像熊。不是最快，但投垒球总是超过其他所有人。站姿，一个仿佛慢镜头下的动作。他命中率在 50% 以上。

阿希姆看了看后镜，让一辆车超过去，挂低档，打方向灯,往没铺柏油的小路里开了一段。然后停了发动机,把手从方向盘上拿下来,转过来对着他。

“好啦。快去。”

霍尔格下了车,站到一丛灌木旁。一股尿对准荨麻。绿树篱蔓生着虎杖。刺树篱中挂着没熟的黑莓。高压线在田埂后穿过野地,径直进入一座孤零零的砖砌农庄,厚木板搭的仓库边立着没有旗帜的旗杆。庄稼还绿着,在风中摇晃。一切看上去都那么安宁。可联合收割机迟早会来。他感觉到晒着脖子的太阳。

他不由地想到,中学一毕业就拿到大学录取通知书的时候,他多么开心。那种从今往后什么都不会搞砸的感觉。还有荣誉板上他的名字。用哥特字母写的,就像在证书上。他的记录还没被打破呢。

现在呢?几只蚊子绕着他飞。他赶走了。如果没有意外,三年后他就会成医生。很靠谱。

尿啊,哥们。

布里吉特当然反复地问,什么时候再见。他不知道该说什么。

他忍不住打起哈欠。然后提起裤腰,走回车上。

阿希姆启动发动机,又上了路。霍尔格从后座拿过来训练夹克,塞到靠椅和窗框间,把脑袋靠了上去。他观察着阿希姆。他的额头上有几颗汗珠。阿希姆总是准确知道他想要什么。但话不多。

霍尔格转向窗。从车上看一切都不太一样。这一段他只坐火车走过。

他们开过一个小镇子，街上铺着粗石。他观察着外面的人。一个戴围裙的老太太在她的花园里,手插在两边。一对年轻的夫妇在村道上推着婴儿车。两个骑自行车的男孩，松开手，在人行路上拐来拐去。

然后他闭上眼睛。车子震动起来。他试图放松。他去过宫里，和他的父母一起。新兵宣誓后不久。甚至穿着制服。但他已经记不太清了。虽然所有人都谈论过。说那些旗子、镜面玻璃、大理石、长长的队。

他不知道，是他还是布里吉特有了这个主意。反正就这样了。他们也没排队。甚至在酒馆拿到了位子，能看到施普雷河。一个周六的晚上。一切都很轻松。他给她摆正椅子，她坐上去，好像没什么大不了。他们穿得都不太合适，但他们也都无所谓。布里吉特觉得要庆祝一下。虽然他们根本没赢。在他认识的女孩里，只有她剃腋毛。

他睁开眼睛，看着压碎在挡风玻璃上的昆虫。障碍跑其实最糟糕。结束这一项，难的就过了。水沟和地形跑简直就是散步。

他坐直，摇下窗，把手肘直到外面，开车时的风很舒服。

田野和森林在外面滑过，电话线杆，巨大的废弃机车库，一条没完没了的林荫大道。他可是医生。至少半个。

他把手臂交叉在脑后。

小孩站在儿童床里，睁大了眼睛。一只手胖胖的手指抓着栏杆，另一只手越过护栏，朝她的方向比划。小牙齿从大笑的嘴巴里闪着白光。

她把小家伙抱起来，放在双人床边的五斗柜上，先给她脱下连脚裤，然后尿布裤，最后是湿透的尿布。

孩子咿咿呀呀，小拳头在空气里打来打去，光着的小脚丫不停踢她的手臂和乳房。填了棉花的衬垫上印满黄色的泰迪熊：一个举着气球的，一个摇着雨伞，另一个骑在小马上。换着花样。

她抱起小家伙，放在尿罐上，去厨房，把水壶搁上灶。然后打开壁柜，取出咖啡罐，往杯子里加了勺粉末。

再回到卧室时，孩子正嚼着被子的一个角，它从婚床上滑了下来。她小心地从孩子嘴里拉出来浸透了口水的布片，把钩织的小蘑菇塞到她手中，把被子推回床上去，抻几下弄平。然后她又把小家伙举到衬垫上，用湿毛巾擦了擦她的屁屁。

她正要把折成三角形的尿布塞到小胖腿之间，水壶开始在厨房里尖叫起来。蘑菇掉到地上。她三下五除二地绑好尿布，提上尿布裤，抱起小孩，跑进厨房。

她关掉煤气，把开水浇到咖啡粉上。孩子抓住她的衬衫,头顶住她的脖子。她能感觉到胸口上攥紧的小拳头。她把孩子抱到客厅的婴儿围栏里，试着松开她的手。

“好啦,”她说，“好啦。”然后抽出身来。

接着她回到卧室，端着尿罐进了卫生间，倒进马桶，冲干净，把马桶圈放下来，坐上去。

窗斜开着。外面，一只球被孩子们踢来踢去。他们的叫嚷充斥着新楼区。她站起来，把窗帘拉到一边，看出去。一个小男孩脑袋朝下、在攀爬架上晃悠。头发一根根挂在空中。一个她还没见过的金发、戴眼镜的女孩，自己坐在跷跷板上。她紧抓着把手，站起来，板子翘起，她就坐下去，撞到从沙子里露出来一截的汽车轮胎。她又立刻再站起来，翘着脚尖，再让自己坐下去，一遍又一遍。她迅速拉上窗帘。衣服一定早就洗好了。

她打开滚筒，拽出湿涝涝的东西，塞进浴缸上面的甩干机。右手压住盖子,左手推下控制杆。甩干机动起来。几波水涌进浴缸，起先很多，然后变少，一股细细的水流慢慢地枯了。最后只是滴水，她关上发动机。

橡胶圈又滑了下来。她把它按回去，打开盖子，开始把衣服一件件取出甩干机、挂在斜拉过浴室的绳子上。主要是尿布、内衣和手巾。这辈子都不可能第二天就干。就在上周，她还得每天早上撤床单，因为霍尔格尿床。难以置信。

她合上甩干机的盖子。

她正想把尿罐送回卧室，目光却落到奖牌上，它们挂在过道的椭圆镜子边。田径、十项赛、军事全能。悬在彩色饰带上晃荡的金属。她还这么年轻呢。她这么年轻。

她一把扯下他的奖牌。它们叮叮当当地落到地上。镜子晃了晃，但还挂在那。

她把尿罐放在栏杆床前面，斜开了窗，回到过道，从厨房取出咖啡。把杯子端进客厅，放在绿桌子上，倒在沙发里。

孩子叉腿坐在围栏里大哭。她的脸憋红了。一条口水挂在嘴边。在一个打着黄光的鱼缸里，一群蓝幽幽的霓虹灯鱼嬉戏追赶。小气泡升起来。古比鱼消失了。泵平稳地嗡嗡响着。黑白理石纹的鲶鱼用它的大吸盘嘴啜着玻璃壁上的水藻。它白边的眼睛看起来就像死了。卧室门砰地一声关了。

她的目光，从玫瑰枝花纹的毯子滑向赭黄的炉子，经过装着壁柜的墙，墙上有电视和地图、有两卷本的词典和画册，是关于社会主义现实主义和奥林匹克运动会的，再看向虎尾兰、窗台上的仙人掌和抱枕套，上面的花卉图案是她怀孕时绣的。沙发上方挂着两幅带框的小画，画着帆船，是印刷品。桌子上摆着果盘，霍格尔做的。

咖啡还在杯子里。她一口都没动。

她站起来，走向婴儿围栏。

红灯很远就闪过来。那是莫科夫山电视塔的路口。然后他们开进林子，他太熟悉不过。一下子天就凉了。霍尔格摇起窗。阿希姆打开方向灯，在公路屋前面的公交站右侧停下。

“喏，明天见吧。”

他手指抚过方向盘。它套着闪银光的绒布。

“谢啦，阿希姆。”

霍尔格抓起他的包，打开门，下车，推上副驾门。

深蓝的拉达车打着闪光，拐回公路上。霍尔格在后面看着。他想记住车牌上的字母和数字，但没成功。汽车最后画了条弧，消失在林中。

他转过身，走上窄窄的柏油人行道。进居民区的路，只在中间有一盏路灯。已经开了，虽然天才刚刚发暗。路堤的小石子在灯光下微微闪烁着。

还没到居民区的入口牌，就开始了一系列独户及双户房。房前小花园里盛开着玫瑰和飞燕草。在如今被用作车库的马厩入口上方，有一套旧马具挂在生锈的铁上。环路后污迹斑斑的车站附近，几个半大少年像平时一样，吸着烟，骑车闲逛。两个抬头看了一眼，对他几乎察觉不到地点点头，又缩起脑袋。至少还和他打过招呼，虽然他住在军队楼。他换到路对面。能听到小溪在树篱后轻轻流淌。河水总能提供方向。很靠谱。需求明确，一切就简单多了。

他过了桥，走上坡。拐进教堂后面的路。供销社前停着一辆黑色女自行车，套了网织的辐条护罩。居然还没关门。后面浮现出学校楼房的轮廓。社区办公楼刷了黄色，左窗里有块窗帘被拉到旁边。现在也能看到三个新楼区，都装修过。几扇窗通亮。柏油路在这里结束，沙路开始了。突然就凉了。他站住，取下肩上的训练夹克穿好。

游戏场器具之间躺着一个脏兮兮的瘪排球。攀爬架下面几条梁已经掉色，虽然还很新，不到两年。他抬头看向家。厨房亮着灯。浴室黑着。他在等么？他也不知道。

他打开门，爬上二楼，一个一个台阶地走。利珀家开着电视。他的脚步发出了回声。施雷特门前有炖豌豆的味。

他去院子穿的鞋放在脚垫边。粘着土，落了层薄薄的灰。脚垫斜了。他把它踢正。门牌上有他的名字，她的名字，刻在黄铜里。他真是累了。

虽然他知道，钥匙塞在提包前面的格子里，还是按了门铃。能听见家里关冰箱门的声音。过了好久，她才开门。

她已经穿了睡衣。他拥抱她，她随他，然后转头走了。他任她离开，把包放到衣柜下，蹲下脱鞋。

“小家伙睡了？”

他抬起头看着她。

马琳娜快速点点头，消失在厨房里。黑漆漆的，只有厨房桌上的台灯把圆形的亮光打在桌布上。

他趿着居家鞋，打开卧室门。孩子安然躺在床里，两个胳膊伸在脑袋边。她的呼吸慢而稳。他把食指放到她半张开的小手里。她看上去多么满足，不可思议。然后他拉了拉被子，离开房间，轻轻关上门。提包还在衣柜下。他拿了起来。

取出那包面包的时候，他碰到那只有小鸭子的球。把它拿进厨房。

马琳娜坐在厨房桌边，仰着头。

“我们没赢，但我给小家伙带了礼物。”他把球放在她眼前的桌上。然后去冰箱，打开门，看了一下，又关上。水池边是削好的土豆和绿芦笋。他很想沏一杯甘菊茶，但不敢用水壶。

他走到桌边，拉出椅子，坐下，碰碰她的手臂，却不知道接下来怎么办，就缩回了手。

现在她才看他。他耸耸肩，深呼吸。她的眼睛，几乎黑了。

华贵湖

基瑙的月面学

* 苏尔的牧师和业余天文学者戈特弗里德·阿道夫·基瑙把他生命里的三十多年献给了月面学。他的地形图因谨慎详尽而在同时代的月亮研究中广受赞誉。

† 关于基瑙的观测，只有少量文献存世，如他1848年的文章《月溪》。他的月面学文章只有两篇发表于大众天文学杂志《天狼星》，“二战”期间它们可能在杂志的图片库中被烧毁。

1932年，国际天文学联合会采纳天文学家埃德蒙·奈森于1876年的提议，把月亮正面南半球高原上的一座环形山命名为“基瑙”。在1938年由大不列颠天文学协会出版的一部月球术语汇编手册《月亮上的谁是谁》中，能找到以下说明：“C.A.基瑙（？—1850），植物学家、月面学家，在南波希米亚施瓦岑贝格亲王的封地上担任公职，1842年出版了两部论述有毒植物及菌类的著作。”然而，全球调查却找不到一位叫作基瑙的植物学家。2007年，在美国测绘局的环形山命名者清单中，他被置换为牧师戈特弗里德·阿道夫·基瑙。至今，C.A.基瑙仍没有任何蛛丝马迹。

我于何时、在何种星象下诞生，对我们的研究对象毫无启发。只提一点便足矣：我是在大戏岁岁重演之时落入尘世。那些夜晚，狮子座耀世而来，随后登场的，是星空为没有武装的凡眼所准备的震撼至极的光之奇观，至少在煤气灯及其寒酸后代的刺眼光亮尚未将夜之黑减至蒙蒙昏黄的时代。因此，每当我诞辰之日，流星便炤灼倾泻，以启示我这名年轻的神学院学生。盛大的火雨，以无穷的炳辉曳光遽然添满苍宇，在我心中撒下看不见的种籽，数旬后它们才会破土而出、怒放妍花：对灿烂星夜、对行星及其卫星的爱，最终把我引入那绝对更高、当然也远不可描述的天体，而今天我只能以之为家。

然而，最初打动我的是植物学——这要考虑到我的乡土出身，它唤醒了我最由衷的愿望，争取在高等林业科学的学业后谋求一个有报酬的稳定职位，以其广泛的职能范围支持我的研究。

我在家乡一带如愿以偿，成为施瓦岑贝格亲王殿下约翰·阿道夫二世所谓的上领地管理者，以此身份首先监管博兹佃田，然后是福贝斯地产，在天意启动的改革把我推至亲王的权力中心之前，那里是伏尔塔瓦河右岸两块地势不佳、毫无保护的田地，而亲王当时在克鲁姆洛夫的大宫殿则位于俯视伏尔塔瓦河的险峻峭壁上。我喜欢此地，虽然早晚均有霜冻相伴的寒湿气候让肥沃却风化的大地几无收益，且农业条件在阔土接近波希米亚森林的地段尤为艰难——那长林深处，是栖居着野熊的原始密地。

我以三月革命前年轻地方官员所普遍共有的坚定不移的热忱恪尽职守，除此之外，我的闲暇时间很少用于研究主导农业年度周期的饲料及经济作物，而是悉数献给冥顽不化的有毒植物，毕竟，那些不利于人类、且主要令他们及其牲畜受损的草木，一向对我有特殊引力。其神秘的作用方式尤其让我着迷，它们似乎隶属于某种彻底隐匿的秩序，明确标志的阙如，使人们无法将这些不时危及生命的植物与无害者区分开来，更甚者，无副作用、本可食用的菜蔬竟会与引起呼吸困难及呕吐的毒物同属一科。当时,菌类是波希米亚农业人口的主要食材，母亲们习惯把一束束龙葵放入摇篮，以促进、甚或强迫婴儿入睡，药妇则用长角的白头翁到处施展她们的致命手艺，癫狂时不时就会侵袭那些因颠茄果实黑亮之美而神魂颠倒的单纯之人。

于是，我搜集并检测了大量在路旁和溪边、荒野和农田上遇见的植物，研究了灾难性饮食后暴毙的牲口被灼伤的内脏，填满我的一本本观察日记，眼前的可敬目标则是，出版一部波希米亚有毒植物纲要，并发表一篇论文，探讨此地可见、食用鲜美、但常常有毒的菌类。当时被长期忽视、不久前才因科罗姆布霍尔茨空前复兴的隐花植物知识，恰好是一门将铺垫我后期工作领域的学问：秘密延续的保障。

虽然从我的观察中无法推导出普遍定理，我的研究结果还是得到了善意的肯定。接下来开始了一场体贴的科学交流，作为若干学术团体的新晋成员，我很快意识到自己在一个刚刚出现的圈子里，它扩增着世界的知识储备，哪怕研究对象如植物分类这般微不足道。那是段美好的时光。我采集植物，监管亲王庄园内的书籍，证明自己不但胜任严格的管理者，亦是博学臣仆的典范，此外我还倾心于一位女性，她对我的爱慕投桃报李，使我顺利如愿。岁月如梭；谷物收获、脱粒，采过啤酒花后摘水果，甜菜苗接续青饲料，而我为增加田产启动的多项措施亦不乏成效：开垦森林，耕种荒地，排干沼泽，放空水塘，直至露出泥炭层的池底。我如此着眼于未来和效用，以致我的研究在此期间渐入停滞，我的放大镜愈是靠近自然，展现为无数变形的它就愈是呈现为无法控制的混乱，任何统治的手均不得使之驯顺——这是每个致力于融合实践和理论的人都会了解的现象。人们努力在头脑中切分、建构，自以为丰富了科学，却开始把它搞得乱七八糟。

因此，在我心中与万有秩序的辉煌愿景相连的，竟是种莫名的、被一系列无耻至极的盗木事件所滋养的虚妄之感。每棵被伐的树干都是扎入我的碎片，四周的皮肉因受伤的自尊而溃烂——为使自己清醒、摆脱这令人萎靡的毒药，我在森林里漫无边际地游荡，漫步也从此渐渐取代了去教堂的路。所以，那也是一个星期天，我像往常一样在密不透风的波希米亚森林中巡行，钻入它纯粹由云杉林构成的黑暗心脏，历次风暴和折断的树梢造成了许多林中空地，倒伏其中的一具具枯萎树干几乎使森林满目疮痍。我从地上拔起一片异常华丽的蕨类羽叶，正待细看之时，一种奇特的恐怖袭来，后来，我更倾向于称它为先知之畏，因为观察后我恍然大悟，这帝王般的草叶之根所再现的，正是一弯下弦的钩月。此后，这一刹那便梦影般与我随行，任何歌声、任何呼唤、甚至最微弱的鸟鸣都不会打断它栖身其中的神圣静寂。我立刻全心全意地认定，这真实不欺的标志即为超凡强力的徽显。可单此一物似乎尚不足以重压我的灵魂，于是，仅仅几日后——1842 年 7 月 8 日凌晨——月之巨轮便对我投下它的苍苍青影，虽然在我的居所，无法像以南 100 英里那样，尽享日全食的乐趣。那一天，当火球逐渐细缩为窄带、以死尸般的黯光朦胧院落之时，家禽再次喑哑、逃入埘巢，而我体内所有的血都眩晕着冲入心脏，电光石火之间，我茅塞顿开：谁想在科学树粗壮的植物学枝条上攀爬到最后桠杈，就必须展拓身心、洞察笼罩万物的天穹所展现的雄奇大观。接受新研究后不久，我就已经确信不疑，从隐匿萌发的植物转向星辰的秘密秩序顺理成章，毕竟，自古以来大多炼金术士都首先是植物学家，而卓越的炼金术士又同时是占星家和天文学家。某一令人信服的理论认为，每株植物都拥有一颗星状的孪生天体，而该理论的提出者就是上述的佼佼者。毒理与天文的关系多么错综复杂，《若望默示录》尤可证实，当时还晦涩难解的经文预言了彗星茵陈的致命陨落，它不但会众所周知地歼灭三分之一全球人口，还将销毁致力于永恒的DNA石英档案，因此我们眼下的行动就更加迫在眉睫，虽然我们的工作范围向来谨慎地局限于常规模拟物，而非需要电子设备的、零与一的暂态。在那个时代，人类——因深信他们出色的创造力可靠无误而饱受愚弄——将再次体验到无知最恐怖的后果。地球突然不再、也永远不会是安全之地。

为期一年内，我不仅对天穹的表象了如指掌，还发现了我对诸天体中最近者的偏爱，在深入研究其伤痕累累的形态过程中，我感到空前的愉悦，因此便每晚为之效劳，致力于一步步揭示并细致描摹它奇特损毁、却同时处女般冷光幽幽的表面，我在布杰约维采搞到一架直径5英寸、焦距3英尺的折射望远镜，学会借之以肉眼细读月面，一如从前观察藏匿在柔嫩薄膜中的孢子。因为近即远——更高的真理开显于最琐细与最遥远的造物——显微镜下与望远镜内如出一辙。过去我曾把热情倾注于冷僻现象，因此，不足为奇，该对象也首先用它的最外缘迷住了我，亦即那微微摇曳、遵循复杂法则而动的自转之月在某些特定相位才使人得以一窥的区域。对我而言，第谷坑的荒凉洼地及其落日中无与伦比的投影、凌晨时分的柏拉图环形山、明暗交界线近旁的伽桑狄圆谷、均匀的林奈漏斗，成为了曾经的彼得拉克、西塞罗、塞内卡和维吉尔：忠诚的朋友和我夜间独白的无声听众。不是说，它们给我回答！众所周知，月亮本性沉默。可那是种仁慈的沉默，不同于亲王仆役傲慢的缄口不言，不是对我的轻蔑惩罚，而似乎是用友善与宽厚回报我每一道膜拜的目光。

此后，我日日只为夜而生，渴望它湮没尘世、谀媚星辉的幽冥，渴望昏暗的季节，它提早的落日能让我淡忘俗务、安安静静地效命新主。

极少有人愿意像我这样义无反顾，需要的并非勇气，而是谦卑，通过忘我、通过放弃对平步青云之路的记忆，换取臻至更高真理或神圣的模糊希望。然而，只要还有人记得我，消失就需要相当的技巧，更何况是在克鲁姆洛夫这样的重地担任要职，甚至在那命中注定的灾年之后，在当权者不仅徭役尽失、还要为几块最好的田产叹惋之际，克鲁姆洛夫仍是帝国的最佳地段。人尽皆知，亲王年年视察他的领地，如父教子般监护其长势，因此他也以关切的狐疑密切注视着我的活动。我没有父亲，只比他小几岁，即便母亲临终前暗示之事不可当真，我也的确可以是他的弟弟。母亲的殡葬队之后本应有更痛苦的事情接踵而来，可我决意永不再踏足这所有行程中最艰难的一种，并一意孤行地选择了迟早会降临到我们每个人头上的命运，至于我的名字是立刻烟消云散、还是在第四代或第四十四代后才渐渐模糊得无法辨认，根本无关紧要。与其说时局让我举步维艰，毋宁说是它促成了我的计划：在我管辖下的土地如今大块锐减，本可把我的一门学问传世几代的两个孩子都躺入了教堂的后院，我的妻子把致其暴毙的瘟疫和那些年灾难性的歉收归功于卫星的不良影响，她迷信得根深蒂固，我却既不能训导她正信，亦不能减轻她无言谴责的痛苦。反过来，她也无法忍受我对月亮的痴迷——更没有父母兄妹去悲悼或怀疑她的突然辞世。毕竟，我根本不可能按当时盛行的自然法带上她;我们每个人，在迈过最后一道门槛时，都必须弃绝一切。

我与前后所有人一样，在没有太阳的雨海着陆，赤裸，冻僵，喘着粗气，恰似降生。必要的检疫隔离一过，我就被提名为候选人，由此成为这个在我看来完备至极的机构中最微小的成员。机构的运行有条不紊，在其迷人的标准化鼓舞之下，我致力于忠实履行一切托付给我的任务，最首要的职责是，对所有到来的财物进行第一轮分类。

众所周知，阿里奥斯托曾在《疯狂的罗兰》中把一则谣言散布于世，地球的一切逝物都会降落在我们月亮上；他几乎一字不差地从阿尔贝蒂那里转借了这个想法，而阿尔贝蒂是之前从帕多瓦一位发疯的洗衣妇口中偶然听闻此事。真的，三个人都夸张了，当时他们竟以为，能在这幻地找到自己私下挂念的东西：逝去的岁月和毁灭的帝国，昔日的情爱和未予应答的祈祷。

事实上，离心力反向生效，也并非地球把月亮维系在其旋转轨道上，相反，是月球拴着地球，因此，本质上讲，月亮才应被冠名为母星，毋庸置疑，它就是那个能撬起世界的阿基米德支点。因为地球什么都不是，而吊诡地佯装依赖的月亮、这面沉默的钙化镜，才是一切，不过这也只是时间问题，待宇宙今非昔比，这颗卫星终将在这脆弱结构中接手自其诞生起就一直悄悄占据的主导地位。因为，永远是仆从制约主人——而非相反，这是我作为雇工与老板间的经纪人多次印证过的经验。

众所周知，生理学家梅耶在我移居期间做出的首批蹩脚实验表明，所有运动和热只是同一种力的不同表现形式，因此能量几乎不会丢失。那条能量守恒的基本定理——在月亮这里有史以来就是人所共知的避免损耗戒律——规定着两星间广泛的相互关系，并表明，在经过独立的地月委员会挑选之后，一切到达我们这里的事物都会从地球上消失，根据一个公平但深究起来难以理解的原则，它们会找到通往这个世界的路，也就是说，抵达档案馆失重的中间境界，摆脱非生即死的远古分类。

然而，仅在一个短暂、无疑辉煌、却早已过去的时代，才会无一例外地保藏所有抵达品。虽有种种禁令，仍有人相信那些猖獗蔓延的口头传说，比如奥尔梅克人的石头；出自历史上代达罗斯工场的克里特迷宫黏土模型；一只描绘了在阿尔戈斯庆贺无耻节的花瓶，那是为致敬阿芙洛狄忒的女仆特雷西利亚，节日间常常女扮男装，男扮女装；吉萨的狮身人面像斯芬克斯宏伟的鼻子；《天文学大成》的第二部阿拉伯语译本，它用金字母写在220英尺长的龙肠子上；还有欧里庇得斯的剧本《波吕伊多斯》，以及他那在遗忘的黑暗中熠熠生辉的诗行：安知生非死，死非生——在我看来，这句话精准地表达出我们为何被选择或被诅咒至此；此外还有半打贮藏在格陵兰冰中的原子弹；一枚用青蛙头颅顶骨制成的微十字；《秘密的秘密》若干完整、但截然不同的抄本；西蒙尼·马蒂尼为彼特拉克崇拜的诺弗的劳拉所绘制的精美肖像，它只能证明，这位饱受赞颂的美人事实上多么自负；玛雅人那些只有他们的牧师能读、其他人不得窥视的怪诞书简；令人惊讶的是，甚至还有许多妇女的作品，可惜我已记不得名字。

那个时代之后是一段过渡期，此间拣择和保存由一批当选者负责，其中几位是无法摆脱我们天体召唤的极为出色的记忆艺术家，后来他们被同样卓越的遗忘艺术家取代，因为掌权圈子中已达成共识，遗忘者才更有天赋为抵达的财富大潮做主。

几乎就像在地球上：历代都会重新安排财富，历朝都会为自身兴盛杜撰新的思想体系，现实成就一时衰退，理论反而会更加闪亮。过分的粗疏继之以夸张的谨慎，常有人指责，两个阶段虽均建树颇多，但错失更多，然而这种质疑低估了普遍的场地问题，从建档之时起它就伴随着每份档案，而且无法被任何凭空发明的系统解决，更何况本地空间有限，并不比鼎盛时期的俄国大上多少。

有一次颁布公告说，财富保管应以永恒但有限的图书馆为典范，另一次却要用改良、缩小的副本取代原件，直到事实表明，所选的支撑材料无法兼备此类浩大工程所需的全部特性，部分美妙至极的副本因此报废，并被专业化地处理清除，一如此前它们无用的原件。

委员会的报告常引起本地民众的惊诧。月球人绝非人类物种中最值得尊敬的代表，反倒类似良莠不齐者被随机抛掷而成的集群，除了先前各自与卫星建立的脆弱纽带，他们之间毫无关联，从远处看，这些源起于不同文化圈的纽带也缤纷各异。例如，对于我，按照我的两种故乡语言，我认为月亮是阳性且从未另作他想，可此地不少行政人员却以之为魅惑的女士，满人甚至觉得它是手持臼钵的神兔，遗憾的是，根据盎格鲁撒克逊语的表达，月亮还把个别梦游者与疯子诱拐至此地落脚。后者特别容易受到罪恶习俗的影响，在没完没了的歌声中历数那些已被太阳风的歹行迫害的纪念碑，有些同僚，且不仅是最堕落的几位，应为这比漫漫月夜更漫长的招魂术付出代价，倘若愿意把我们在此地的生活称作永生，他们的永生就应即刻终止。彻底无历史是永生的最高美德；上空此地，容不得尘世忧郁最稀薄的余孽，谁若仍耽于悲怀，就败坏了此地之此在，毕竟，对于月宫的档案员，规矩之重更甚于地球上的管理者：必须一视同仁地服务所有对象，为此全心，便不可牵挂任何财物，更何况，时间贪婪的牙齿只允许极少一部分物质在某一时段内保持它曾采纳的形式。

当然，委员会的分选没有尽头，而保存全部财富的努力——亦即，为曾是与将来的一切建造不可擦除的存储器——很快便被斥入永无可能之境，同样无望的是返回地球，它像一颗白云缭绕的弹珠，在我们眼前冷漠地旋转，对我们付出的辛苦茫无所知。此种情形愈发不堪，难以忍受者亦非唯我一人。因此，当渴盼已久的晋升终于降临时，我未遭值得一提的异议，便把档案库首先转至背对行星的一面、最后完全移入地下。前辈们的失败既让我灰心，也是对我的挑衅，于是我在华贵湖无光的深渊里创建了一个体系，其构想的辉煌核心在于如下指令：仅存留涉及月球的财富，鄙人愚见，从根本上讲，单凭这一点它便应被视作最有价值的评估体系，因为，在献给卫星的作品中，那颗自私自利、永远绕自己的轴旋转的行星的历史，被摹画得如同梦魇。亚里士多德已经料到，梦与排泄密不可分，的确，恰如肠肚孕育梦境，月亮也是灵魂的真正座席，在我们月宫同仁种种欲念的滋养下，灵魂仿佛一群单纯而不知餍足的细菌，生机勃勃，丰富多样。

难以形容处理所有余物的惬意，它们都曾犯下不可饶恕的错，至少有过一次——不论滥用、隐喻还是在浪漫派或其无数后继团体的意义上——把我的家说成是卫星。满足我严格的筛选条件、并在遗留制度的怒火中幸存下来的物品均被收入月宫。最内部的核心藏品包括：巴比伦的日月食经，描绘粉红色日珥的日本水墨画册，名为《月球第一人》的罕见默片，有骑着镀金人马的女月神塞勒涅的机械八音盒，伽利略《星际使者》的付印校样，在此书中他用我的家乡波希米亚比较了月球环形山的形状，还有大量失而复得的月岩，它们能够归来，得益于我在审理过程中对退货提请的实质性问题所做的修正。简言之：似乎一切都完美就绪。仅提及月亮，已不能符合我自认为明智的准则，需要真真正正地实指它，毕竟，自古以来，连最辉煌的月论也难逃瑕玷，它们无非是在月亮中找寻地球，只想把月亮视作残缺的自己、视作弱小而畸形的孪生子——那场史前灾难的遗迹，彼时还年轻的地球与无名行星相撞，这使得地上生命首度萌发，却也让一块球体在暴力下挣脱出去、成为自立门户的附庸，一份晚生的拙劣副本，一面盲镜，一颗冷却的星星。

唉，倘若我的雷厉风行能就此罢休！然而，重新检查库存时，在内布拉星象盘和出自枢密女官维特之手的早期月山蜡质浮雕之间，我竟意外地发现了一卷月面学文献，让我目瞪口呆的是，它居然被陌生的手签上我自己的名字。开普勒在梦中面对他的魔鬼时，不外乎就是我这种感受。种种我自认已留在地球上的情绪也在内心苏醒，那些出自勤奋而非天才的画面，让我与曾经久久凝神仰望过的山形重逢，近看它们的震撼，远不及当初倾尽我尘世韶华的远眺。于是，那个极乐的午后再次从遗忘的面纱后浮出，当时出现了一个千载难逢的机会，多亏有地球的次级光，我才得以观察并通过绘画记录下我如今工作地点的夜面：阿里斯塔克斯光华夺目，湿海从晦暝的澄澈中升起，格里马迪一片灰黑。记忆从昏睡中猛然惊觉，在它的幽幽余韵中，早已熄灭的渴盼再度充溢我心，曾经，正是这种欲念，把我引至这遥遥远地、引至这遍布无光洞穴和嵌套毛绒结构的迷宫，如今，我却自认不讳地看到，此处，万般钦赞的对象在日常事务之间化为乌有，光辉灿烂的未来消逝成无法抵达的过去。唯有当下，这刹那间的柔嫩花朵，始终对我藏形匿影。

如今，我事功大成，貌似天经地义地拥有种种珍奇异宝，可当往昔喜悦与近日痛苦的精魂从中吹拂而来，我却敏感得如同裸露的神经。不久前我还妄信荫蔽如母腹的肉身猝然冷却，我的高邈信念一去不返，西西弗斯般一遍遍徒劳重复已完成多次工作让我猛然生出巨大的厌倦，它现在才在我心中成熟为可悲的确定性，而未来任何方法都无法堂皇掩饰：一如每个档案馆，月亮绝非存藏之所，而是恣肆毁灭之地，是地球的堆尸场；要保护我单纯的作品月宫，使之免遭注定的劫难——在意想不到的更严格、更缜密的秩序下的必然改变，唯一可行之路只能是，在它被责令销毁前亲自动手。

理解月亮，意味着，理解自己。今天，在我鄙陋存在的最外缘，我敢说，这一点最初我就做到了，然而，那些认知与绝大多数真理不同，它们无法减轻出生的痛苦，高剂量时反而会让良药凝为剧毒。我后来的洞见与夜影中半熟的果实同样苦涩。月亮一如既往，宇宙及其早已熄灭的星星仍旧万顷琉璃，永远是古老的历史的所在。我是一个人，像所有其他人一样，月亮则好似依然疼痛的幻肢，提醒我们想起的无非只是曾失却的完美、是出世那无法测度的创伤，降生的粗鲁暴力就像逃不掉的死，必然是我们最大的谜。记忆会模糊，遗忘却忘不掉，我回不了家，也无法像我的双生者那样，逃入对林奈分类学或耶稣十字架的信仰、从而摆脱我的命运。因此，我离开了一种不再、或从未名副其实的生命，离开了一种严格说来不比其他职业更无用的工作。现在我知道，可怕的事情已发生过，每份未来的恐怖都是源起于太初的汹汹后果，那迫近的遥远时刻亦然，彼时中心星将渐渐烧光，所有附属天体都将随太阳蒸发殆尽。我多么希望，我有死之躯的残遗能像斯托泽克森林中那棵高大的云杉一样终了，在它一百二十五岁时，伐木者把它健健康康地砍倒，却无法切割或加工它的树干，因为搞不到能覆盖轴径的足够大的锯子，所以只能任凭那巨大的树干原地烂掉。地球上，腐朽肉体的每条沟隙都会很快长满绚烂的苔菌，而衰败的绵绵火光不断加速着生命的循环，可在清理垃圾的环形山里没有重生，只有瓦解，支离成细腻的、灰色的、荷电的尘埃——这是此地极其稀薄、近于真空的大气以其万劫不复的方式推动的不可逆的过程。

译名表

前言

太空探测器卡西尼 die Raumsonde Cassini
火星登陆器斯基亚帕雷利 der Marslander Schiaparelli
巴尔米拉 Palmyra
巴力和巴尔夏明神庙 die Tempel des Baal und des Baalschamin
摩苏尔 Mossul
努里大清真寺 die Große Moschee von al-Nuri
先知约拿的清真寺 die Moschee des Propheten Jona
圣埃利安修道院 Kloster Mar Elian
达拉哈拉塔 Dharahara-Turm
弗里德里希·威廉·茂瑙 Friedrich Wilhelm Murnau
阿特斯卡滕帕湖 Lake Atescatempa
蓝窗 Azur Window
珊瑚裸尾鼠 Bramble-Cay-Mosaikschwanzratte
北部白犀 Nördliches Breitmaulnashorn
沙弗图书馆 Shaffer Library
沃尔特·惠特曼 Walt Whitman
约翰·柯川 John Coltrane
《同时双向》*Both directions at once*
卡尔斯鲁厄铜版画陈列室 das Karlsruher Kupferstichkabinett
皮拉内西 Piranesis
安妮·弗兰克 Anne Frank
蓝眼地鸠 Blauaugentäubchen
蚁墙蜂 Deuteragenia ossarium
富兰克林远征 Franklin-Expedition
幽冥号 Erebus
恐怖号 Terror
赫菲斯提昂 Hephaistion
摩醯因陀山 Mahendraparvata
萨卡拉 Sakkara

序

圣米凯莱 San Michele
好莱坞永恒公墓 Hollywood Forever Cemetery
墨西哥亡灵节 Día de los Muertos
希罗多德 Herodot
卡拉提耶人 Kallatier
新布雷姆书系 die Neue Brehm-Bücherei
西莫尼德斯 Simonides von Keos
奥古斯都 Augustus
扎尔马洛斯 Zarmaros
卡西乌斯·狄奥 Cassius Dios
地米斯托克利 Themistokles
除忆诅咒 damnatio memoriae
纳兹卡 Nazca
希帕提娅 Hypatia
蒙特威尔第 Monteverdis
《阿丽安娜》*L'Arianna*

卢锡安·弗洛伊德 Lucian Freud
阿伽通 Agathon
博尔赫斯 Jorge Luis Borges
塞缪尔·约翰逊 Samuel Johnson
默东城堡 Schloss Meudon
圣-丹尼斯皇陵 die Königsgräber in Saint-Denis
休伯特·罗伯特 Hubert Robert
阿尔伯特·施佩尔 Albert Speer
列日 Lüttich
洛文 Löwen
特奥多尔·莱辛 Theodor Lessing
路易·阿姆斯壮 Louis Armstrong
比鲁尼 al-Biruni

图阿纳基

拉罗汤加 Rarotonga
曼加伊亚 Mangaia
恒河礁 Ganges
黑潮 Kuro Siwo
第四世桑威奇伯爵约翰·蒙塔古斯 John Montagus, der vierte Earl of Sandwich
塔斯曼 Tasman
瓦里斯 Wallis
布干维尔 Bougainville
决心号 Resolution
发现号 Discovery
帕利泽港 Port Palliser
新英格兰 Neu-Albion
布哇国 Owyhee
牟鲁阿 Mourua
汤加罗阿 Tangaroa
荣戈 Rongo

里海虎

阿拉斯河上游 der obere Araks
塔雷什山区 Talysch-Gebirge
连科兰低地 Lenkoraner Niederung
厄尔布尔士山 Elburs-Gebirge
阿特阿克河 Atreks
科佩特·达格山脉 Kopet-Dag-Gebirge
穆尔加布河 Murgab
阿姆河 Amudarja
咸海 Aralsee
泽拉夫尚河 Serawschan
伊犁河 Ili
特克斯河 Tekes
塔克拉玛干沙漠 die Wüste Taklamakan
苏姆巴河 Sumbarfluss
伊朗北部的古利斯坦国家公园 Golestan-Nationalpark im Nordiran
巴库 Baku
阿拉木图 Almaty
诺沃西比尔斯克 Nowosibirsk
塔什干 Taschkent
拉丁人 die Latiner
沃尔西人 die Volsker
埃魁人 die Äquer
萨宾人 die Sabiner
伊特鲁里亚人 die Etrusker
马其顿人 die Makedonier
迦太基人 die Karthager
弗里吉亚人 die Phryger
叙利亚人 die Syrer
坎塔布里人 die Kantabrer
毛里塔尼亚 Mauretanien
努比亚 Nubien
盖图里丛林 die gätulischen Wälder
克劳狄乌斯 Claudius

居里克的独角兽

奥托·冯·居里克 Otto von Guericke
《新马格德堡实验》*Neue Magdeburger*

Versuche
奎德林堡 Quedlinburg
泽威肯山 Seweckenberge
哈耳庇厄 Harpyien
许德拉 Hydra
施洗者约翰 Johannes der Täufer

萨切蒂别墅

朱利奥·萨切蒂 Giulio Sacchetti
马尔切洛·萨切蒂 Marcello Sacchetti
皮埃特罗·达·科尔托纳 Pietro da Cortona
图拉真 Trajan
弗拉维安斗兽场 das flavische Amphitehater
乔瓦尼·巴蒂斯塔·皮拉内西 Giovanni Battista Piranesi
维萨里 Vesalius
赛克洛普 Zyklop
马峰 Monte Cavallo
科尔索 Corso
休伯特·罗伯特 Hubert Robert
天使门 Porta Angelica
法兰西艺术学院 die französische Kunstakademie
圣哥大 Sankt Gotthart
波佐利 Pozzuoli
帕埃斯图姆 Paestum
蒂沃利 Tivoli
维吉尔 Vergil
马里奥山 Monte Mario
大祭司 Pontifex Maximus
圣母院桥 Pont Notre-Dame
兑换桥 Pont au Change
默东城堡 das Schloss Meudon
斐扬教堂 die Kirche der Feuillanten
圣-拉扎尔 Saint-Lazare
克里希 Clichy
蒙马特 Montmartre
卢森堡新街 Rue Neuve de Luxembourg
罗维雷 Rovere
波吉亚 Borgia
美第奇 Medici
法尔内塞 Farnese
巴贝里尼 Barberini
奥勒利安城墙 die aurelianischen Mauer
贝维德雷的躯干 der Torso vom Belvedere

蓝衣男孩

弗里德里希·威廉·茂瑙 Friedrich Wilhelm Murnaus
明斯特地区的维希林水上城堡 die Wasserburg Vischering in Münsterland
托马斯·庚斯博罗 Thomas Gainsborough
恩斯特·霍夫曼 Ernst Hofmann
托马斯·凡·韦尔特 Thomas van Weerth
华盛顿广场公园 Washington Square Park
施利斯基 Schleesky
马布里路 Mabery Road
塞西尔 Cecil
梅赛德斯 Mercedes
莉莉怀特 Lillywhites
军团广场 Grand Army Plaza
比利 Billy
伯杰 Berger
索德尔 Söder
简 Jane
狼医生 Dr. Wolf
莱辛顿大道 Lexington Avenue
殖民地酒店 Colony
三冠 Three Crowns
北欧烩菜 Smörgåsbord

拉布里亚 La Brea
詹姆斯 James
杜丝 Duse

萨福的爱之诗

加达拉的菲洛德穆 Philodemos von Gadara
米歇尔·伊塔利克斯 Michael Italikos
约翰·策策斯 Johannes Tzetzes
教皇格里高利七世 Papst Gregor VII.
尼布甲尼撒二世 Nebukadnezar II.
梭伦 Solon
阿那克西曼德 Anaximander
吉尔伽美什史诗 Gilgamesch-Epos
梨俱吠陀 Rigveda
赫西俄德 Hesiod
摩涅莫辛涅 Mnemosyne
伪朗吉努斯 Pseudo-Longinos
莱斯博斯 Lesbos
赫梯人 die Hethiter
埃雷索斯 Eresos
米蒂利尼 Mytilene
斯卡曼德罗斯 Skamandros
卡曼德罗尼摩斯 Skamandronymos
西蒙 Simon
攸梅诺斯 Eumenos
埃瑞吉亚斯 Eerigyios
埃克里托斯 Ekrytos
塞摩斯 Semos
卡蒙 Kamon
埃塔科斯 Etarchos
《苏达》*Suda*
查拉科斯 Charaxos
拉里科斯 Larichos
攸吕吉亚斯 Eurygios
米蒂利尼国宴厅 Prytaneion von Mytilene
克莱伊丝 Kleïs
法翁 Phaon
《女杰书简》*Briefe von Heldinnen*
叙拉古 Syrakus
帕罗斯岛的 parisch
克连阿克梯德家族 die Kleanaktiden
庇塔库斯 Pittakos
阿尔卡埃乌斯 Alkaios
加达拉的菲洛德莫斯 Philodemos von Garada
斯特拉波 Strabon
波留克列特斯 Polygnotos
福明克斯 Phorminx
基塔拉 Kithara
巴尔比通 Barbitos
派克提斯 Pektis
玛伽蒂斯 Magadis
龟背琴 Schildkrötenleier
哈利卡纳索斯的狄奥尼修斯 Dionysios von Halikarnassos
《论文学布局》*Über literarische Komposition*
阿特纳奥斯 Athenaios
阿波罗尼奥斯·狄斯克罗斯 Apollonios Dyskolos
克律希波斯 Chrysippos von Soloi
尤里亚斯·波勒克斯 Julius Pollux
奥克西林库斯 Oxyrhynchos
艾米丽·狄金森 Emily Dickinson
苏珊·吉尔伯特 Susan Gilbert
玛莎 Martha
爱奥尼亚 Ionien
吕底亚 Lydien
汉娜·怀特 Hannah Wright
安妮·盖斯吉尔 Anne Gaskill
塔克萨尔 Taxal
鲁特 Ruth
拿俄米 Naomi
琉善 Lukian
《妓女对话》*Hetärengespräche*
科罗娜里翁 Klonarion

雷阿伊娜 Leaina
圣依西多禄 Isidor von Sevilla
《词源》*Etymologiae*
鹿特丹的伊拉斯谟 Erasmus von Rotterdam
布朗通 Brantôme
皮埃尔·德·布尔代耶 Pierre de Bourdeille
娜塔莉·格里芙德·巴妮 Natalie Glifford Barney
勒妮·薇薇安 Renée Vivien
《尼各马可伦理学》*Nikomachische Ethik*

冯·贝尔宫

贝伦霍夫 Behrenhoff
古茨科 Gützkower
波莫瑞 Pommern
格赖夫斯瓦尔德 Greifswald
布斯多夫 Busdorf
施特拉尔松 Stralsund
约翰·卡尔·乌尔里希·冯·贝尔 Johann Carl Ulrich von Behr
卡尔·菲利克斯·戈奥格 Carl Felix Georg
辛克尔-舒勒斯·弗里德里希·黑茨希 Schinkel-Schülers Friedrich Hitzig
卡尔·菲利克斯·沃尔德玛 Carl Felix Woldemar
卡尔·弗里德里希·菲利克斯·冯·贝尔 Carl Friedrich Felix von Behr
梅希蒂尔德·冯·贝尔 Mechthild von Behr
迪特里希·朋霍费尔 Dietrich Bonhoeffer
皮特·约瑟夫·勒内 Peter Joseph Lenné
老普林尼 Plinius

摩尼七经

塞琉西亚-泰西封 Seleukia-Ktesiphon
厄勒克塞派教团 die Religionsgemeinschaft der Elkesaiten
米底 Medien
甘扎克 Ganzak
安息人 Parther
沙卜尔一世 Sassanidenherrscher Schapur I.
奥尔密兹德一世 Hormizd I.
琐罗亚斯德 Zoroaster
巴赫拉姆一世 Bahram I.
贡德沙普尔 Gundischapur
灵知派基督教 das gnostische Christentum
东阿拉姆语 Ostaramäisch
科普特语 das Koptische
安息语 das Parthische
中古波斯语 das Mittelpersische
粟特语 das Sogdische
维吾尔语 das Uigurische
《生命福音》*das lebendige Evangelium*
《大力士经》*Gigantenbuch*
《沙卜拉甘》*Schapuragan*
吐鲁番 Turfan
法雍 Fayum
塞特 Seth
诺亚 Noah
以挪士 Enosch
以诺 Henoch
闪 Sem
亚伯拉罕 Abraham
保罗 Paulus
厄勒克塞 Elkesai
弗里茨·兹威基 Fritz Zwicky
《生命宝藏》*Schatz des Lebens*
《钵迦摩帝夜》*Pragmateia*
《秘密经》*Buch der Geheimnisse*
《图经》*Bilderbuch*

格赖夫斯瓦尔德港

莱克河 Ryck
卡斯帕·大卫·弗里德里希 Caspar David Friedrich
汉堡艺术馆 Hamburger Kunsthalle
慕尼黑玻璃宫 Münchner Glaspalast
莫里兹·冯·施温德 Moritz von Schwind
希尔达河 Hildafluss（莱克河古名）
博登潟湖 Bodden（此处是指南波罗的海的一个潟湖）
丹麦维克湾 die Dänische Wieck

林中的百科全书

阿曼德·舒尔特斯 Armand Schulthess
提挈诺州 Tessin
“舒尔特斯之家” das Maison Schulthess
翁塞尔诺内谷 Valle Onsernone
洛桑的布鲁特艺术藏馆 die Collection de l'Art Brut in Lausanne
洛迦诺 Locarno
达奥勒修 Auressio
戈尔贡 Gorgo
伊索尔诺河 Isorno
马基雅谷 Maggiatal
索托·克拉托洛 Sotto Cratolo
里修的圣德兰 Therese von Lisieux
科内尔斯罗伊特的德兰·纽曼 Therese Neumann von Konnersreuth
米林·达乔 Mirin Dajo
恩里科·卡罗索 Enrico Caruso
斯威登堡 Swedenborg
埃里希·玛利亚·雷马克 Erich Maria Remarque
亚历山德拉 Alexandra
尤塞皮亚·帕拉迪诺 Eusepia Palladino
托赛里 Enrico Toselli
布罗克豪斯辞典 Brockhaus
拉鲁斯百科全书 Larousse
古尔蒙 Gourmont
拉·罗谢富科尔 La Rochefoucauld

共和国宫

海因茨·格拉冯德尔 Heinz Graffunder
柏林城市宫 Berliner Stadtschloss

基瑙的月面学

戈特弗里德·阿道夫·基瑙 Gottfried Adolf Kinau
埃德蒙·奈森 Edmund Neison
施瓦岑贝格亲王约翰·阿道夫二世 der Fürst Schwarzenberg, Johann Adolf
克鲁姆洛夫 Krumau
科罗姆布霍尔茨 Krombholz
布杰约维采 Budweis
第谷坑 Tycho
伽桑狄 Gassendi
西塞罗 Cicero
塞内卡 Seneca
雨海 Mare Imbrium
阿里奥斯托 Ariost
《疯狂的罗兰》*Rasender Roland*
阿尔贝蒂 Alberti
帕多瓦 Padua
梅耶 Mayer
奥尔梅克人 die Olmeken
代达罗斯 Daidalos
阿尔戈斯 Argos
无耻节 Hybristika
特雷西利亚 Telesilla
《天文学大成》*Almagest*
欧里庇得斯 Euripides
《波吕伊多斯》*Polyidos*

《秘密的秘密》*Secretum Secretarum*
西蒙尼·马蒂尼 Simone Martini
诺弗的劳拉 Laura de Noves
维特 Witte
阿里斯塔克斯 Aristarch
湿海 Mare Humorum
格里马迪 Grimaldi

人物表